KB138717

발레 작품의
세계

일러두기

· 외국 인명과 지명, 작품 속 캐릭터명은 국문을 우선으로 하되 영문명을 병기했으며,
  국립국어원 외래어 표기법을 따르되 필요한 경우 관용적 표기를 따랐다.

· 발레 용어는 프랑스어 발음법에 기초한 《올바른 발레 용어》(이유라·이미라 지음)의 표기법을 따랐다.

· 외국 단행본과 작품명 중 국문 제목이 따로 있지 않은 경우에는 번역하지 않고
  통용되는 원어명을 그대로 사용했다.

· 본 책은 무용학자들의 다양한 연구 결과를 참고하고 있지만, 지은이의 시각에서 쉽게 요약하고
  풀어낸 것으로서 인용표기는 생략했다.

발레 작품의
세계

The *Ballet* Class

B²

한지영

지음

FLOOR WORX.

발레 공연을 보러 간다고 상상해보세요. 오페라 극장의 웅장함과 고풍스런 외관은 잠시나마 일상에서 벗어나 다른 세계로 우리를 초대하는 것 같습니다. 높은 천장과 수많은 객석들에 휘둥그래지는 순간도 잠시, 조명이 꺼지고 오케스트라의 근사한 음악과 함께 막이 오릅니다. 그러면 저마다 다른 시간과 공간을 그려내는 무대가 펼쳐지고, 그 위로 분주하게 움직이는 무용수들이 우리의 시선을 끕니다. 형형색색의 무대와 반짝이는 의상 그리고 무용수들의 현란한 몸동작을 보고 있노라면, 다른 것은 몰라도 발레가 스펙터클이라는 점은 분명해 보입니다.

　대중이 발레를 멀게 느끼는 것은 어려워서라기보다 낯설기 때문이라고 생각합니다. 처음부터 끝까지 대사 하나 없이 오로지 몸짓으로 이야기하고, 현실과는 동떨어진 동화 속 이야기 같으니까요. 일상과 다른 세계인 발레와 친숙해지고 싶다면, 무작정 다가가기보다 약간의 몸 풀기를 먼저 시작해보는 건 어떨까요? 서른 개의 발레 작품을 소개하는 이 책은 발레의 세계로 여러분을 초대합니다. 발레를 알고 싶고, 발레가 궁금한 분들을 위한 여행인 셈이죠. 춤의 무대와 관객 사이를 이어주는 이 책이 여러분의 여행 가이드가 될 겁니다.

실제 발레 공연이 음악, 무대 미술, 의상, 움직임 그리고 서사가 한데 어우러져 푸짐하게 차려진 정찬이라고 한다면, 이 글은 정찬을 시작하기 전에 가장 먼저 제공되는 한입거리 음식, 즉 아뮤즈 부쉬라고 표현하고 싶습니다. 아뮤즈 부쉬가 프랑스어로 '입(bouche)을 즐겁게 하는(amuse) 음식'을 의미하듯, 이 글은 예비 관객들의 입맛을 돋우고 이어질 공연에 대한 기대감을 높이는 데 초점을 맞추고 있습니다. 하지만 작은 음식일지라도 요리사의 요리 철학을 반영한 아뮤즈 부쉬처럼, 간단한 설명 안에는 소개할 작품의 아이덴티티와 철학을 꾹꾹 눌러 담았습니다.

잠들기 전이나 지하철 안에서 한 작품씩 편하게 읽을 수 있는 글. 각양각색의 작품을 만나면서 어떤 발레 작품들이 있는지, 또 이 작품은 무슨 내용을 담고 있는지 살펴보세요. 어느새 익숙해진 발레 작품의 세계 안에서 나만의 취향을 발견할 수 있을 겁니다.

CONTENTS

La Fille Mal Gardée

〈고집쟁이 딸〉

발레에서 일어난 대혁명

1

*

가장 먼저 소개해드릴 작품은 오늘날까지 공연되는 발레 중 가장 오래된 작품인 〈고집쟁이 딸〉입니다. 가장 오래된 발레 작품은 언제 처음 만들어졌을까요?

이 발레 작품은 1789년 7월 1일, 프랑스 보르도 대극장(Grand Théâtre de Bordeaux)에서 초연됐습니다. 〈고집쟁이 딸〉은 프랑스의 한 농촌 시골 마을에서 벌어지는 서민들의 에피소드를 아주 유쾌하게 표현하고 있는 작품이지만, 국내에서는 콩쿠르나 갈라 무대에서 일부 춤만이 공연되기 때문에 잘 알려지지 않은 작품이기도 합니다. 가장 나이가 많은 발레, 〈고집쟁이 딸〉은 어떤 작품일까요?

먼저 〈고집쟁이 딸〉의 주요 등장인물은 시골 처녀인 리즈(Lise), 그녀의 애인인 콜라(Colas), 리즈의 엄마인 시몬(Simone), 부유한 토지 소유자인 토마(Thomas) 그리고 토마의 아들인 알랭(Alain)입니다. 리즈를 부유한 알랭과 결혼시키고자 하는 엄마 시몬과 이를 거부하고 결국 콜라와 사랑에 빠지는 리즈의 좌충우돌 이야기를 다루고 있죠. '고집쟁이'라는 제목에서 연상되듯이 작품의 분위기는 초지일관 쾌활해 발레에서는 흔치 않은 코믹 발레 형식입니다. 그러나 〈고집쟁이 딸〉이 만들어지던 시기를 생각해본다면, 이 발레의 활기찬 분위기가 조금은 다르게 다가올

수 있을 것 같아요.

　역사에 관심이 많은 독자라면 이미 눈치챘을 수도 있겠네요. 힌트는 〈고집쟁이 딸〉의 초연 연도입니다. 이 작품이 초연된 시점, 그러니까 1789년 7월 1일은 바로 프랑스 대혁명을 2주 앞둔 때였습니다. 프랑스 대혁명은 전 국민이 자유와 평등을 위해 일으킨 시민혁명이죠. 이는 무능한 절대왕정에 실망한 파리의 민중들이 1789년 7월 14일 바스티유를 습격한 사건으로 시작됐습니다. 몇 년간 이어지던 혁명의 과정에서 프랑스 왕조는 역사의 뒤안길로 사라지게 됐고요.

　프랑스 대혁명으로 이어지던 사회 분위기는 발레에도 영향을 미쳤습니다. 그 전에 미리 알려드릴 것이 있습니다. 바로 〈고집쟁이 딸〉의 등장 이전까지 발레는 프랑스 왕실에서 호화롭고 사치스럽게 흥청대던 궁정 문화 중 하나였다는 사실이에요. 그러나 이 발레에서는 럭셔리한 세트나 반짝이는 보석으로 치장한 귀족들은 흔적도 찾을 수 없습니다. 즉, 〈고집쟁이 딸〉은 왕실의 문화였던 발레가 소박한 서민의 오락거리로 성격이 바뀌던 시기에 만들어진 작품입니다.

　발레의 극적인 변화 원인은 당시 프랑스에서 벌어졌던 두 가지 사회 상황을 통해 짐작해볼 수 있습니다. 하나는 귀족을 제치고 부르주아들이 발레의 주요한 관객층으로 등장했다는 것입니다. 다른 하나는 당시 프랑스가 농업을 중요하게 내세운 사상적·경제적 정책을 펼쳤다는 것이죠. 즉, 국제 무역의 발달로 눈부신 경제적 성장을 이룬 부르주아들과 프랑스 인구의 80퍼센트 이상을 차지하는 농민을 위한 정책이 〈고집쟁이 딸〉이 만들어지던 당시에 등장한 것입니다. 시민들은 외쳤습니다. "내전과 경제적 어려움으로 힘든 시기에 어떻게 왕이 사치스러운 여흥에 막대한 돈을 낭비할 수 있단 말입니까?" 결과적으로 이 작품은 이제껏 억압받던 평민들이 평등한 인권과 자유를 외치던 사회적 분위기를 반영하고 있는 것입니다.

어떠세요? 귀족이 아닌 서민들의 발레 그리고 왕실이 아닌 지방 농가 생활을 담은 발레. 조금은 새롭게 다가오지 않나요? 탄생 배경처럼 〈고집쟁이 딸〉도 발레의 대혁명을 대변하는 작품입니다.

〈고집쟁이 딸〉의 원작은 당시 가장 유명한 발레 마스터 중 한 사람이었던 장 도베르발(Jean Dauberval)이 안무했습니다. 그러나 초연 후 2세기 반 동안 많은 변화를 겪었기 때문에 일일이 열거할 수도 없을 정도로 다양한 개작이 이루어졌죠. 한마디로 가장 많은 버전을 가지고 있는 작품입니다. 작품마다 음악도, 움직임도, 심지어 춤의 구성도 제각각입니다. 그중에서도 오늘날의 관객들에게는 러시아와 영국의 작품이 가장 익숙할 것 같아요.

먼저 러시아 작품은 1885년 황제의 의뢰로 마리우스 프티파(Marius Petipa)와 그의 제자인 레프 이바노프(Lev Ivanov)가 안무했습니다. 이들은 폴 탈리오니(Paul Taglioni)가 안무한 것을 바탕으로 작품을 만들었지만, 여기에 새로운 춤을 안무하고 페터 루트비히 헤텔(Peter Ludwig Hertel)의 음악 이외에도 루트비히 밍쿠스(Ludwig Minkus)에 의해 변형된 두 곡을 추가로 삽입했습니다. 이 작품은 1903년 모스크바 볼쇼이 발레단(Bolshoi Ballet)의 알렉산더 고르스키(Alexander Gorsky)에 의해 계승되면서, 현재까지 러시아의 마린스키 발레단(Mariinsky Ballet)이나 볼쇼이 발레단이 그 맥을 이어오고 있습니다.

한편 영국의 작품은 1960년에 영국 왕립 발레단(The Royal Ballet)의 프레더릭 애슈턴(Frederick Ashton)이 초연했습니다. 비교적 최근에 만들어진 셈이죠. 애슈턴은 유럽의 소박한 시골 배경을 잘 보여주며 사랑이 꽃피는 화사하고 밝은 분위기를 잘 살렸다는 호평을 받았습니다. 또 영국 왕립 발레 학교(The Royal Ballet School)의 민속춤 커리큘럼으로부터 발전된 나막신 댄스가 추가되면서 볼거리를 더하고 있습니다. 이 작품은 영국 왕립 발레단의 고정 레퍼토리로 꾸준히 공연되고 있을 뿐만 아니라, 독일의 슈투트가르트 발레단(Stuttgart Ballet)과 미국의 아메리칸 발레 시어터(American Ballet Theatre) 등 세계 여러 발레단의 정식 레퍼토리로 공연되고 있습니다.

흥미로운 점은 대부분의 버전에서 리즈의 엄마 역으로 여장한 남성 무용수가 등장한다는 것입니다. 18세기에는 발레리나가 아름답지 않거나 늙은 역할을 맡는다는 것은 있을 수 없는 일이었습니다. 이것이 현재까지 이어져 하나의 관례가 됐죠. 여장 시몬의 큰 몸집과 억척스러운 움직임은 리즈의 고집을 짓궂기보다는 오히려 사랑스럽게 만듭니다. 엄마도 이길 수 없었던 리즈의 사랑스러운 고집. 이는 자유주의를 외치던 200년 전 프랑스의 모습이지 않았을까 짐작해봅니다.

Don Quixote

〈돈키호테〉

발레에 스페인의 낭만과 열정을 담다

2

＊

빨간 꽃을 머리에 단 스페인 처녀 키트리(Kitri)가 캐스터네츠 소리에 맞춰 경쾌하게 등장합니다. 그녀는 점프와 동시에 상체를 뒤로 젖혀 발끝을 머리까지 올리는 인상적인 테크닉을 선보입니다. 이에 질세라 스페인 청년 바실리오(Basilio)는 공중을 지배하듯 하늘 높이 솟아오르고 팽이처럼 회전합니다. 이뿐만이 아닙니다. 망토를 휘두르는 투우사들의 에너지 넘치는 춤과 애환이 서린 집시들의 관능적인 춤까지… 〈돈키호테〉는 스페인의 낭만과 열정을 담아낸 발레입니다.

〈돈키호테〉의 매력은 단연 스페인의 독특한 정취입니다. 그만큼 〈돈키호테〉는 시작부터 마지막까지 정열의 나라 스페인의 낭만을 물씬 느낄 수 있는 발레 작품이죠. 바로 스페인의 작가 세르반테스(Miguel de Cervantes Saavedra)의 장편소설인 《라만차의 비범한 이달고 돈키호테*The Ingenious Gentleman Don Quixote of La Mancha*》(1605)를 토대로 하고 있기 때문입니다. 이 소설은 늙고 둔한 말 로시난테(Rocinante)를 탄 돈키호테(Don Quixote)가 그를 따르는 조금 모자란 농부 산초 판자(Sancho Panza)를 데리고 다니며 펼치는 엉뚱한 모험담입니다. 하지만 발레에서는 선술집 주인의 딸 키트리와 가난한 이발사 바실리오가 주인공으로 등장합니다. 돈키호테와 산초 판자는 러브 스토리의 들러리인 셈이죠.

발레 〈돈키호테〉는 중세에서 근대로 나아가던 어느 날, 중세 기사 모험담에 매료된 돈키호테가 낡은 갑옷을 입고 모험을 떠나는 프롤로그로 시작합니다.

활기찬 바르셀로나 광장을 배경으로 한 1막. 키트리와 바실리오가 서로 사랑하는 사이임에도 불구하고 키트리의 아버지 로렌조(Rolenzo)는 자신의 딸을 멍청한 귀족인 가마슈(Gamache)에게 시집 보내려 합니다. 실랑이를 벌이던 이때, 어디선가 나타난 돈키호테는 키트리를 보고 자신이 꿈속에서 찾아 헤매던 환상의 여인인 둘시네아(Dulcinea)로 착각해 광장을 어지럽힙니다. 이 틈을 타 키트리와 바실리오는 도망을 치죠. 이야기가 진행되는 사이에 탬버린, 부채, 캐스터네츠를 들고 추는 춤이 곳곳에 등장해 활기를 더합니다. 특히 남성미를 물씬 느낄 수 있는 투우사 에스파다(Espada)의 춤이 특색 있어요.

도망친 키트리와 바실리오가 집시촌에 도착하면서 2막이 열립니다. 여기서는 스페인의 민족 감성과 기백이 풍부한 집시 춤이 무척 인상적입니다. 뒤이어 키트리를 찾아온 돈키호테가 등장합니다. 그는 집시들의 인형극을 현실로 착각해 돌진하고, 풍차를 거인으로 착각해 덤비기도 하는 등 한바탕 소란을 피우다가 갑자기 불어온 태풍으로 인해 기절합니다. 이어지는 장면은 기절한 돈키호테의 꿈속. 사랑의 요정인 큐피드와 환상의 숲이 나타나고, 둘시네아 공주의 모습을 한 키트리가 춤을 춥니다. 이 장면은 다른 장면들과 달리 클래식 튀튀를 입은 발레리나들의 앙상블이 돋보이죠. 엄격하면서도 정교한 고전적인 스텝과 대칭을 이루는 구도를 통해 마치 꿈을 꾸는 듯한 느낌을 연출합니다.

대망의 3막에서는 바실리오가 키트리와 결혼하기 위해 이발용 칼을 들고 자살 소동을 벌입니다. 키트리는 쓰러진 바실리오를 안고 눈물을 흘리며 애원하고, 슬퍼하는 키트리에 동요한 돈키호테는 로렌조에게 이들의 결혼을 승낙하라고 권유하죠. 과장된 몸짓으로 웃음을 자아내는 바실리오의 소동! 무용수들의 우스꽝스러운 팬터마임에 주목해보세요.

우여곡절 끝에 키트리와 바실리오가 결혼식을 올리면서 〈돈키호테〉는 행복한 결말로 끝이 납니다. 두 사람의 결혼식은 고전 발레(Classic Ballet)[1]의 꽃이라고 할 수 있는 그랑 빠드두(grand pas de deux)[2]로 표현됩니다. 가장 화려한 테크닉이 집결된 춤이죠. 바실리오의 솔로는 다양한 점프와 회전이 근사하고, 키트리의 솔로는 고난도 포인트 워크(pointe work)가 인상적입니다. 무용수가 한 다리로 연속 32회전을 하는 푸에떼(fouetté)도 볼 수 있어요. 이토록 화려한 고난도 테크닉의 절정을 보여주는 〈돈키호테〉의 3막 그랑 빠드두는 갈라 공연에서 빠지지 않고 등장하는 인기 레퍼토리입니다.

---

[1] 고전 발레는 19세기 중반, 러시아에서 마리우스 프티파에 의해 구축된 발레 스타일을 의미합니다. 조화, 균형, 형식을 중요하게 생각하는 고전주의(classicism)의 영향으로 발레 역사상 가장 화려하고 정교한 스타일을 띱니다. 안무상 특징으로는 명료한 신체라인과 질서, 비례, 대칭을 강조하는 군무를 들수 있습니다. 또한 짧은 발레 치마인 클래식 튀튀(classic tutu)가 등장해 다리의 움직임이 강조됐습니다. 대표적인 고전 발레 작품은 〈라 바야데르〉, 〈백조의 호수〉, 〈잠자는 숲속의 미녀〉, 〈호두까기인형〉, 〈레이몬다〉가 있습니다.

[2] '큰(grand) 2인무(pas de deux)'라는 뜻인 그랑 빠드두는 마리우스 프티파가 만든 춤 형식입니다. 프티파는 그랑 빠드두를 통해 전막 작품의 피날레를 화려하게 장식했습니다. 그랑 빠드두는 다음과 같은 일련의 춤으로 구성됩니다. 먼저 남녀가 등장해 개시 아다지오(pas de deux proper)를 춘 후, 남녀의 솔로(solo variation)가 이어지고, 다시 남녀가 함께 번갈아가며 추는 코다(coda)로 마무리됩니다. 개시 아다지오가 주인공의 성격과 분위기를 제시하는 부분이라면, 남자 솔로는 회전과 점프 동작이 강조되고, 여자 솔로는 발끝으로 춤을 추는 온 포인트(on point) 기교를 중점적으로 보여줍니다. 마지막으로 코다는 짧지만 빠른 템포로 진행되며 파트너십이 강조된 고난도 기교가 삽입되는 것이 특징입니다.

결국 〈돈키호테〉는 스페인으로 시작해 스페인으로 끝난다고 해도 과언이 아닐 정도로 '스페인 발레'라는 하나의 독특한 스타일을 탄생시킨 작품입니다. 이는 바르셀로나라는 작품의 지역적 배경을 비롯해 스페인 춤만이 표현해내는 의상과 소품이 활용됐고, 발레 동작 자체에도 스페인 춤의 성격이 접목됐기 때문입니다. 스페인 민속춤이 발레 동작에 영향을 미친 덕분에 동작은 전체적으로 다른 발레에 비해 신체를 강하게 회전시키고 꺾는 등 움직임 범위가 한층 확장된 모습을 보입니다. 손목을 꺾어 허리춤에 올리는 독특한 포즈나 치맛자락을 펄럭이는 동작, 손가락으로 딱딱 소리를 내는 것도 독특하죠.

　1869년 모스크바 볼쇼이 극장(The Bolshoi Theatre)에서 초연된 〈돈키호테〉는 러시아 발레의 황금기를 알린 작품이라 할 수 있습니다. 안무가인 마리우스 프티파는 러시아 발레에 결정적으로 불을 붙인 인물이죠. 흔히 '프티파를 알면 발레가 보인다'고 표현할 수 있을 정도로 유명한 작품들이 모두 그의 손에서 탄생했습니다. 이 작품은 초연 때부터 큰 호응을 얻었습니다. 당시 밍쿠스의 음악은 그다지 높은 평가를 받지 못했다고 하지만, 지금까지 〈돈키호테〉가 인기를 끈 데는 근사한 춤과 함께 스페인의 향취를 느낄 수 있는 멜로디도 한몫했다고 생각합니다.

　장담컨대, 〈돈키호테〉는 이러한 사전 지식 없이도 충분히 즐길 수 있는 작품입니다. 그렇지만 작품에 대한 이야기들은 이 발레가 가득 뿜어 내는 스페인의 불꽃 같은 열기를 온몸으로 느끼는 데 꽤 도움이 될 거예요.

La Bayadère

〈라 바야데르〉

발레계의 블록버스터

3

✳

이번엔 인도로 가볼까요? 발레 〈라 바야데르〉는 클래식 발레[1] 중 유일하게 인도의 황금 제국을 배경으로 한 화려하고 이국적인 작품입니다. '힌두교의 무희'를 의미하는 '바야데르(bayadère)'라는 제목에서 알 수 있듯이, 이 발레의 주인공은 아름답고도 성스러운 무희인 니키아(Nikiya)입니다. 그녀를 중심으로 전사 솔로르(Solor), 공주 감자티(Gamzatti), 최고승려 브라만(Brahmin)의 사각관계가 엄격한 신분제도 속에서 긴장감 넘치게 그려져요. 황금빛 색채와 정교한 장식이 돋보이는 인도 궁전의 웅장함, 거기에 힌두 문화의 신비로운 분위기를 상상하면서 〈라 바야데르〉를 만나보겠습니다.

총 3막 중 1막은 인도의 한 대사원을 배경으로 합니다. 시작부터 솔로르와 브라만이 니키아를 두고 벌이는 사랑의 삼각관계가 펼쳐져요. 니키아와 솔로르는 서로 사랑하는 사이이지만, 순결 서약을 잊고 니키아를 사랑한 브라만이 이를 질투해 은밀

---

1   발레에서 '클래식(classic)'은 두 가지 의미를 모두 담고 있습니다. 먼저 넓은 의미에서 클래식 발레란, '전통적'이라는 뜻으로서 20세기 이전까지의 발레를 통칭합니다. 즉, 17세기 프랑스에서 설립된 왕립 무용 아카데미에서 체계화한 전통적 테크닉을 채용하는 발레를 가리키는 것이죠. 반면, 좁은 의미에서 클래식 발레는 '기법상'의 측면에서 19세기 중반부터 확립되기 시작한 고전 발레를 지칭합니다. 고전 발레 이전에 등장한 낭만 발레가 낭만주의 예술 경향이 지배적이었던 시기와 맞물려 낭만적 소재를 다뤘다면, 고전 발레는 형식적인 가치들이 강조되는 고전주의 정신을 따릅니다. 이 책에서는 넓은 의미로 사용할 때는 '클래식 발레'로, 또 좁은 의미에서 사용할 때는 '고전 발레'로 구분하고 있습니다.

히 복수를 계획합니다. 한편 더그만타 국왕인 라쟈(Rajah)는 공주 감자티와 솔로르의 약혼을 발표합니다. 이때 브라만은 라쟈에게 솔로르와 니키아의 관계를 일러바치죠. 그러나 솔로르에게 응징하고 싶었던 브라만의 바람과 달리 라쟈는 니키아를 죽이고자 합니다. 솔로르와 니키아의 관계를 엿들은 감자티는, 니키아를 불러 솔로르는 자신과 곧 결혼할 사이라고 엄포를 놓습니다. 니키아는 이 말을 믿지 않았지만, 솔로르를 포기하라고 거듭 회유하는 감자티에게 격노해 단검을 꺼내 들다 곧바로 노예에게 저지당합니다. 이 부분에서 두 발레리나가 펼치는 극적인 연기는 서스펜스 영화를 방불케 해요.

2막은 솔로르와 감자티의 약혼을 축하하는 호화로운 연회로 시작합니다. 앵무새 춤, 물동이 춤, 그리고 황금신상과 북춤은 작품의 흥을 돋우고, 솔로르와 감자티의 그랑 빠드두는 클래식 발레의 기품과 우아함을 보여줍니다. 뒤이어 니키아는 국왕의 명령으로 춤을 추지만 슬픈 마음으로 솔로르를 향한 시선을 거두지 못합니다. 그러나 얼마 뒤, 니키아는 수도승으로부터 전달받은 꽃바구니에서 튀어나온 독사에 물려 쓰러집니다. 라쟈의 계략이었죠. 고통스러워하는 니키아에게 브라만은 자신을 사랑하면 목숨을 구해주겠다고 하지만, 니키아는 솔로르를 향한 자신의 사랑을 지키기 위해 기어코 죽음을 택합니다. 그녀가 죽기 직전에 추는 춤은 명장면 중 명장면이라 할 수 있어요. 처음에는 비장하고 느린 음악에 맞춰 애절하게 추다가, 꽃바구니를 들고 추는 부분에서는 슬픔과 광기에 어린 격정적인 감정이 드러나요. 테크닉만큼이나 무용수의 표현적 역량을 여실히 보여주는 대목입니다.

　마지막 3막에서는 슬픔에 잠긴 솔로르가 아편에 취해 망령의 세계로 빠져듭니다. 하얀 클래식 튀튀를 입고 베일을 걸친 32명의 망령이 아라베스크(arabesque)를 반복하며 줄지어 등장하는 환상적인 순간입니다. '망령들의 왕국'이라 불리는 이 군무는 대표적인 발레 블랑(ballet blanc)[2]으로, 천상의 이미지를 강조합니다. 이어 솔로르는 망령의 무리 사이에서 니키아를 발견하고, 그녀와 영원한 사랑을 맹세하는 춤을 춥니다. 이 빠드두(pas de deux)[3]는 백색의 긴 스카프를 마주 잡고 감았다 풀었다 하며 추는 것이 특징입니다. 비록 솔로르의 환상일지라도, 스카프를 통해 둘의 영혼이 결합한 것을 상징적으로 표현하면서 니키아의 죽음에 슬퍼하는 솔로르와 관객 모두를 위로합니다.

　사랑과 복수 그리고 죽음의 대서사시를 그린 〈라 바야데르〉는 규모 면에서 거대합니다. 실제로 이 발레를 이야기할 때 '발레계의 블록버스터'라는 수식어가 자주 붙습니다. 그만큼 막대한 자금과 대규모 세트 그리고 많은 수의 인력이 소요된 블록버스터급 발레 작품이기 때문이죠. 국내 유니버설 발레단의 경우, 150명의 무용수, 400벌의 의상, 200킬로그램이나 되는 실제 크기의 코끼리 모형이 무대에 등장해 세계 어느 발레단과 견주어도 뒤지지 않는 스케일을 자랑합니다.

---

[2]　단어의 의미상 '백색 발레'라 할 수 있는 발레 블랑은 발레리나가 입는 순백색의 튀튀에서 따온 이름입니다. 낭만 발레 시대부터 빠지지 않고 등장한 발레 블랑 장면은 흰색 치마를 입은 수십 명의 무용수들이 무대 위에 대거 등장해 아름다운 춤과 함께 몽환적이고 신비로운 이미지를 연출합니다.

[3]　빠드두(pas de deux)는 '두 명의 춤'이라는 의미로, 발레에서는 남녀가 같이 추는 춤을 지칭합니다. 이 밖에도 춤추는 무용수의 숫자에 따라 3인무인 빠드트로와(pas de trois), 4인무인 빠드꺄트르(pas de quatre) 등이 있습니다.

하지만 놀랍게도 이 작품이 러시아에서 초연됐던 1877년에는 지금보다 훨씬 더 큰 규모였다고 합니다. 작품의 구성도 3막이 아닌 무려 5막 7장에 육박할 정도였죠. 특히 5막은 지금과 달리 비극으로 끝납니다. 솔로르와 감자티의 결혼식이 거행되는 한편, 사랑의 맹세를 저버린 솔로르에게 노한 신이 번개로 사원을 무너뜨린다는 내용으로 말이죠. 그곳에 있던 사람들은 모두 죽지만 극락에서 솔로르와 니키아가 다시 만난다는 에필로그도 있었고요. 이 5막은 소비에트 체제에 이르러 종교적 색채가 강하다는 이유로 삭제됐지만, 전체 세트가 무너져 내리는 장면은 블록버스터의 극치를 짐작케 합니다. 또 전체 공연 시간은 3~4시간을 거뜬히 넘겼을 겁니다. 보통 오늘날 클래식 발레 공연이 2시간 안팎인 것을 고려한다면 굉장히 긴 시간이죠. 심지어 망령들의 왕국에서는 지금의 두 배인 64명의 무용수가 동원됐다고 합니다. 빽빽하게 정렬한 무용수들이 보여주는 완벽한 대형과 앙상블은 마치 방대한 궁전의 건축 규모를 연상케 할 정도로 거창했을 겁니다. 이렇듯 〈라 바야데르〉는 환상적일 만큼 사치스러운 제정 러시아 발레의 스케일을 반영하는 작품입니다.

여기서 잠깐, 〈라 바야데르〉가 보여주는 스펙터클에는 짚고 넘어가야 할 부분이 있습니다. 작품에 나타나는 인도와 힌두교 문화는 서양인들의 제국주의적인 시선이 반영된 것이라는 점이죠. 곰곰이 생각해보세요. 성스러운 존재인 동시에 매혹적인 이미지로 묘사되는 니키아, 과도한 노출로 육감적인 분위기를 자아내는 무희들의 춤, 거기다 야만적이고 동물성이 강조된 수도승들의 모습까지…. 이러한 이미지들이 과연 실제 인도 문화와 같을까요?

무엇보다 온몸에 금칠하고 고난도의 테크닉을 선보이는 황금신상의 춤은 이 구경거리의 정점을 찍는 대목일 겁니다. 물론 이 황금신상은 최고의 테크닉을 겸비한 발레리노에게 주어지는 역할일 정도로 굉장히 인상적이지만, 여기에는 종교적인 신성함보다는 이색적인 볼거리라는 느낌이 더욱 강하죠. 하지만 이렇게 타 문화에 대한 왜곡된 시선에도 불구하고 이 발레가 오늘날까지 많은 발레 팬들의 사랑을 독차지하는 건, 분명 신비롭고 매력적인 춤들이 가득하기 때문입니다.

황실의 비호를 두둑이 받고 있었던 제정 러시아 시대의 발레. 그 속에서 발레의 황제로 군림한 마리우스 프티파의 위력. 〈라 바야데르〉를 보면서 여러분도 이 호화로운 발레가 주는 감동을 꼭 몸소 체험해보길 바랍니다.

La Sylphide

〈라 실피드〉

요정 이야기가 단순히 유치한 것만은 아니랍니다

4

*

스코틀랜드의 한 시골 마을에 제임스(James)라는 청년이 살았습니다. 그는 에피(Effie)라는 여인과 약혼한 사이였지만, 공기의 요정인 실피(Sylph)에게 마음을 빼앗겨버립니다. 오로지 그의 눈에만 보이는 실피. 그러나 제임스는 잡힐 듯 말 듯한 실피를 소유하고 싶은 마음에 마녀 매지(Madge)로부터 요정을 잡을 수 있다는 스카프를 받아 실피가 있는 숲으로 향합니다. 하지만 이 스카프는 제임스에게 앙심을 품고 있던 매지가 요정을 죽음에 이르게 하는 마법을 걸어둔 것이었죠. 이 사실을 알 리 없는 제임스는 실피에게 스카프를 씌우고, 결국 이 요정은 작은 날개를 하나씩 떨어뜨리며 죽음을 맞이합니다. 제임스가 슬픔에 어찌할 줄 모르고 있는 사이에 에피는 그녀를 짝사랑하던 건(Gurn)과 행복한 결혼식을 올려요.

결국 제임스는 현실의 여인과 환상의 여인을 둘 다 잃은 셈입니다. 요정을 사랑하게 된 제임스가 어리석게 느껴지나요? 오늘날 관객들에게 요정이라는 비현실적인 설정이 조금 유치한 것이 사실이죠. 더군다나 세속적인 사랑과 초현실적인 사랑을 오가는 내용에 공감하기도 쉽지 않을 듯합니다. 분명 현대의 시각에서 〈라 실피드〉는 얼토당토않은 스토리입니다. 하지만 이런 작품의 분위기는 19세기 전 유럽을 지배한 예술 경향, 즉 감정과 초현실적인 소재를 강조하던 낭만주의(romanticism)의 강한 영향을 받은 것입니다. 〈라 실피드〉처럼 낭만주의를 반영한 발레를 낭만 발레(Romantic Ballet)[1]라고 불러요.

〈라 실피드〉의 낭만주의적 요소는 덧없는 '요정'에서부터 시작됩니다. 공기의 요정인 실피는 제임스의 약혼반지를 빼앗기 위해 교태를 부리는 것도 모자라 그를 숲으로 유인하죠. 실피가 지상의 존재가 아닌 영적인 존재라는 점, 즉 눈에는 보이나 잡을 수 없는 그녀의 매력은 제임스를 정신 못 차리게 할 정도로 치명적이었습니다.

하늘을 나는 날개 달린 요정을 표현하기 위해 발레리나는 중력을 무시하듯 발끝으로 서서 춤을 추기 시작했습니다. 단순히 가볍게 보일 뿐만 아니라 순간 공중에 정지한 듯 오랜 지속시간을 갖는 테크닉에 사활을 걸었죠. 당시는 끝이 뭉뚝한 포인트 슈즈(pointe shoes)가 발전하지 않았던 시기입니다. 때문에 새틴으로 만들어진 부드럽고 둥근 슈즈를 신고 발끝으로 춤을 추기 위해서는 부단한 노력이 필요했을 겁니다. 공기처럼 가벼운 발레리나를 표현하기 위해 남성 무용수들의 리프트 기술이 발전하게 된 것도 바로 이 시기입니다.

팔 동작을 의미하는 뽀르 드 브라(port de bras)는 직선적이지 않고 부드러운 곡선을 그리는 것이 특징입니다. 시원시원한 각

---

[1] 낭만 발레는 1800년대 초중반 프랑스에서 유행한 발레 스타일을 의미합니다. 이것의 바탕이 되는 낭만주의는 혁명 이후 전 예술에 걸쳐 유행한 문예사조로서, 엄격한 규칙과 형식을 강조하는 예술을 타파하고자 했습니다. 문학에서부터 시작된 낭만주의 경향은 이성이 아닌 인간 내면의 감정을 중시하는 특성을 가집니다. 낭만 발레는 1830~1840년대 절정을 맞이했으며, 모두 환상적인 세계와 요정, 그리고 영원한 사랑 이야기를 다룬다는 특징이 있어요. 이 책에서 소개하는 낭만 발레의 대표 작품으로는 〈라 실피드〉와 더불어 〈지젤〉이 있습니다.

도보다는 좁은 각도로 팔을 사용해 요염하거나 앙증맞은 인상도 줍니다. 깃털처럼 가볍고 안개같이 희미하다고나 할까요? 어깨에서 손끝으로 갈수록 힘을 부드럽게 빼면 금방이라도 사그라들 것 같은 낭만 발레 스타일의 뽀르 드 브라가 완성됩니다.

가스 조명과 도르래 장치는 환상적인 요정의 세계를 연출하기 위해 사용된 최첨단 무대 기술이었습니다. 가스가 연소할 때 내는 빛의 뿌옇고 오묘한 색광이 희뿌연 달빛과 닮아 안개 낀 숲속을 효과적으로 연출할 수 있었습니다. 또한 오늘날 엘리베이터 같은 도르래 장치도 다양하게 사용됐습니다. 1막에서는 실피가 창가에서 내려오는 장면과 벽난로를 통해 굴뚝으로 사라지는 장면, 2막에서는 숲속에서 요정들이 무대 위를 날아다니는 장면이 바로 도르래가 있기에 가능했죠. 낭만 발레 무대에 사용된 가스등과 도르래 장치는 오늘날 판타지 영화의 컴퓨터그래픽과 같은 특수 효과인 셈이에요.

〈라 실피드〉는 1832년 파리에서 초연됐습니다. 오늘날 파리 오페라 극장(Opéra Garnier)의 전신인 르 펠티에 극장(Le Peletier)에서 공연되었죠. 시기적으로 볼 때, 이 작품은 낭만 발레의 시작을 알린 대표 작품으로 평가됩니다. 당시 관객들은 이 발레에 엄청난 찬사를 보냈어요. 초연 당시 실피 역의 마리 탈리오니(Marie Taglioni)는 이 작품으로 단번에 스타 발레리나로 이름을 떨치게 됐고, 많은 여성들 사이에서는 실피를 따라 한 패션이 대유행했습니다. 하나의 문화가 됐을 정도로 〈라 실피드〉는 대중들을 장악했습니다.

이 작품이 큰 인기를 끌었던 이유는 무엇일까요? 당시 프랑스는 나폴레옹(Napoléon I)의 통치에서 다시금 왕정이 복고되는 등 정치적으로 매우 혼란했던 시기였습니다. 프랑스인들은 스스로 '내가 곧 혁명이다'라고 주장하며 나타난 나폴레옹에게 평화를 기대했지만, 그는 점차 독재적이고 반동적인 정치를 펼쳐 국민들의 강력한 저항을 야기했습니다. 이어서 왕으로 추대된 루이 18세(Louis XVIII)와 샤를 10세(Charles X) 역시 정치적 혼란을 더욱 부추겨 국민들 사이에서는 지도층에 대한 불만이 점점 확산됐죠. 상황이 이러하니 이 발레가 보여주는 환상적인 세계는 대중들에게 잠시나마 현실의 불행함을 잊게 해주는 달콤한 안식처이지 않았을까요?

따라서 이 발레가 그림 같은 스코틀랜드의 고원지대를 배경으로 하는 것은 결코 우연이 아닙니다. 당시 프랑스인은 스코틀랜드를 잉글랜드와 구분해 독자적인 문화를 개척하는 곳으로 상상했죠. 킬트와 같은 다채로운 의상은 이곳의 신비감을 증폭시켰습니다. 배경부터 상상을 자극하는 〈라 실피드〉를 보며, 이 시대의 관객들은 요정이 등장하는 환상적인 세계에 열광했습니다. 또 요정을 향한 사랑에 빠져 정신을 차리지 못하는 제임스에게 분명 몰입했을 거예요. 마침내 실피가 마법의 스카프에 의해 죽는다는 설정은 그녀를 가질 수 없는 완벽한 이상으로 영원히 남김으로써 진정한 의미의 낭만주의를 완성시킨 것이죠. 여성들의 입장에서 보자면, 기품과 선량함의 강조로 억눌려 있던 당시의 여성들에게 요정 실피는 동경의 대상이기도 했습니다. 이렇게 낭만 발레 〈라 실피드〉의 이면에는 현실로부터의 도피를 갈망했던 혁명 이후 세대의 감성을 읽을 수 있습니다.

〈라 실피드〉는 두 가지 버전이 존재합니다. 1832년 이탈리아 안무가인 필리포 탈리오니(Filippo Taglioni)가 안무한 최초의 것과 1836년 덴마크 안무가인 오귀스트 부르농빌(August Bournonville)이 안무한 두 번째 것입니다. 탈리오니의 작품을 본 부르농빌은 이를 코펜하겐에 위치한 덴마크 왕립 발레단(Royal Danish Ballet)에서 공연하기를 원했습니다. 하지만 당시 파리 오페라 측에서 제시한 가격이 상당해 어쩔 수 없이 자신만의 작품을 만들게 됐다고 합니다. 이후 탈리오니의 안무는 프랑스 발레가 쇠락의 길을 걷게 되자 잊히게 됐고, 부르농빌의 안무만이 꾸준히 전해지며 낭만 발레의 대표 작품으로 전 세계적인 사랑을 받아왔습니다.

그러나 초연 이후 후대까지 이어지지 못했던 필리포 탈리오니의 〈라 실피드〉는 1971년 프랑스 안무가인 피에르 라코트(Pierre Lacotte)에 의해 성공적으로 복원되면서 다시금 세상의 빛을 보게 됐습니다. 낭만 발레의 신기원을 이룬 것에 대해 대단한 자부심을 가지고 있는 파리 오페라 발레단(Paris Opera Ballet)은 2004년 〈라 실피드〉 공연 실황을 담은 DVD를 출시하기도 했죠. 실피 역은 당시 파리 오페라 발레단의 에뚜왈²이자 현 파리 오페라 발레단의 예술감독인 오렐리 뒤퐁(Aurélie Dupont)이 맡아

---

2   프랑스어로 별을 의미하는 에뚜왈(Étoile)은 최고의 스타 무용수를 칭하는 용어로, 파리 오페라 발레단에서 사용하고 있습니다. 국내 발레단을 포함하여 세계 다른 발레단 경우, 무용수들의 직급은 자질에 따라 크게 세 개로 나뉩니다. 발레 작품에서 주요 배역을 맡는 수석무용수(Principals), 독무를 담당하는 솔리스트(Solists), 군무를 추는 꼬르 드 발레(Corps de Ballets)입니다. 이와 달리 파리 오페라 발레단은 프르미에 당쇠르(Premiers danseurs)가 수석무용수 혹은 제1 무용수에 해당하며, 쉬제(Sujets)는 드미 솔리스트(Demi Soloists), 꼬리훼(Coryphées)는 꼬르 드 발레의 리더, 꺄드리유(Quadrilles)는 꼬르 드 발레를 일컫습니다. 여기서 에뚜왈은 수석무용수 중에서도 최고에게만 수여되는 명칭으로, 무용수들에게는 가장 큰 영예라 할 수 있습니다. 밀라노의 라스칼라 발레단(La Scala Theatre Ballet)도 수석무용수 위에 에뚜왈을 두고 있습니다.

마리 탈리오니의 우아함과 재능을 부활시켰습니다. 특별히 이 공연은 마리 탈리오니의 탄생 200주년을 기념하기 위해 열린 것이었습니다. 공연 실황을 담은 영상을 통해 '실피드 열풍'으로 한 시대를 풍미했던 〈라 실피드〉의 아름다움을 경험하실 수 있습니다.

환상적인 요정의 세계에 초대받게 된다면, 부디 제임스의 어리석음에 분노하지 말고, 에피로부터 제임스를 빼앗은 실피를 얄미워하지 마세요. 때로는 논리와 이성보다 자유로운 감정과 상상력이 더 많은 것을 전해주니까요.

Raymonda

〈레이몬다〉

노장 안무가와 신동 작곡가가 보여준
환상의 컬래버레이션

5

＊

프랑스 태생인 마리우스 프티파는 흔히 '고전 발레의 아버지'라
불립니다. 프티파는 56년간 러시아에서 지내면서 수많은 발레
를 만들었습니다. 그가 직접 창작한 작품과 개작, 그리고 오페라
에 삽입되는 발레를 모두 합치면 무려 백 개 가까이 됩니다. 러
시아에서 만든 그의 작품은 발레 역사상 가장 정교하고 화려한
고전 발레로 구분됩니다. 이는 귀중한 유산으로 평가되죠. 기록
에 의하면 프티파가 은퇴하기 5년 전인 1898년, 80세의 나이로
초연한 〈레이몬다〉가 오늘날까지 공연되는 작품 중 그의 생전
마지막 작품입니다. 즉, 〈레이몬다〉는 러시아 발레의 상징과도
같은 안무가가 말년에 자신의 발레를 총정리한 작품이라 할 수
있어요.

　총 3막으로 이루어진 〈레이몬다〉의 줄거리를 간략하게 살펴
볼게요. 배경은 13세기 초 중세의 헝가리입니다. 주인공인 레이
몬다(Raymonda)는 도리스 백작(Countess Doris)의 딸로 기사인 장 드
브리엔(Jean de Brienne)과 약혼한 사이입니다. 두 연인의 사랑이
아름다운 춤으로 그려지는 한편, 안타깝게도 이들은 가슴 아픈
이별을 앞두고 있었습니다. 당시는 유럽 전역에서 십자군 전쟁
이 벌어지고 있던 시기라 브리엔 역시 헝가리 국왕 앤드류 2세
(Andrew II)와 함께 출정해야 했기 때문입니다.

브리엔을 떠나보낸 레이몬다는 작은 하프를 연주하며 외로움을 달래다 잠이 듭니다. 그녀의 꿈속에는 성의 전설인 화이트 레이디가 등장하고, 이 수호신을 따라간 곳에서 사랑하는 브리엔을 만나게 됩니다. 달콤한 순간도 잠시, 갑자기 브리엔의 모습이 사라지고 낯선 인물이 등장하면서 위협을 느낍니다. 행복했던 꿈이 한순간에 악몽이 된 것이죠. 이것은 예지몽이었을까요? 시간이 흐른 어느 날, 사라센(Saracen)의 지도자인 압데라크만(Abderakhman)이 성에 입장하면서 2막이 시작됩니다. 그는 꿈에서 레이몬다를 위협했던 바로 그 낯선 인물이었죠. 레이몬다를 보고 첫눈에 반한 압데라크만은 그녀를 차지하기 위해 무슨 일이든 벌일 태세를 취합니다.

레이몬다가 브리엔의 귀환을 초조하게 기다리는 사이, 압데라크만은 레이몬다에게 정열적이고 열렬하게 구애합니다. 레이몬다는 그를 거절하지만, 포기할 줄 모르는 압데라크만은 그녀를 납치하려 듭니다. 이 순간 브리엔이 전쟁에서 무사히 돌아오고, 위험에 빠진 레이몬다를 구하기 위해 압데라크만과 싸움을 벌입니다. 이를 본 앤드류 2세는 두 사람이 정정당당히 결투를 벌일 것을 명령하고, 이 결투는 예상대로 브리엔의 승리로 끝이 납니다. 이어지는 3막은 레이몬다와 브리엔의 결혼식이 거행되요. 특별한 줄거리 없이 디베르티스망(divertissement)[1]과 그랑 빠드

---

[1] 디베르티스망은 '방향을 바꾸다'라는 의미의 단어 'divert'에서 알 수 있듯이, 극의 줄거리와는 상관없이 여흥을 돋우기 위한 춤입니다. 디베르티스망은 줄거리가 전개되는 중간에 삽입되며 화려한 기교로 관객의 눈을 즐겁게 하죠. 대표적인 디베르티스망에는 캐릭터 댄스(character dance)가 있습니다. 이는 민속 무용에서 유래한 것으로 헝가리의 차르다시(czardas), 탬버린을 들고 추는 나폴리의 타란텔라(tarantella), 폴란드의 마주르카(mazurka), 그리고 러시아와 스페인 등의 춤 등이 있습니다.

두로 이루어지지만, 행복하고 아름다운 춤이 무대를 가득 메우면서 〈레이몬다〉는 어느 작품보다 화려하게 막을 내립니다.

프티파의 발레 하면 표트르 차이콥스키(Pyotr Ilich Tchaikovsky)를 빼놓을 수 없습니다. 그도 그럴 것이 차이콥스키의 3대 발레음악이라 불리는 〈잠자는 숲속의 미녀〉, 〈백조의 호수〉, 〈호두까기인형〉이 모두 프티파와 만든 것이니까요. 하지만 〈레이몬다〉가 만들어지던 1898년에 차이콥스키는 이미 세상을 떠나고 없었습니다. 이러한 상황은 새로운 작곡가를 맞이할 준비를 하게 해주었고, 그 영광은 당시 삼십 대 초반의 젊은 작곡가였던 알렉산더 글라주노프(Alexander Glazunov)에게로 돌아갑니다.

토종 러시아 작곡가인 알렉산더 글라주노프. 그는 어린 시절 한번 들은 곡을 그대로 연주할 줄 아는 신동이었습니다. 9세부터 피아노를 배워 11세부터 작곡을 하기 시작했죠. 글라주노프를 가르친 림스키 코르사코프(Rimsky Korsakov)는 "하루하루가 아니라, 말 그대로 매 시간 실력이 향상되고 있다."라고 감탄하면서 채 2년이 안 돼 레슨을 종료합니다. 그는 16세 때 작곡한 〈교향곡 1번〉으로 차이콥스키의 격찬을 받기도 했어요. 화려하고 색채감 넘치는 관현악에 유난히 뛰어났던 글라주노프는 이후 세련된 낭만적 성향과 조직적인 형식미를 갖추게 됩니다. 혹자는 그의 음악을 일컬어 러시아의 민족적 감성과 유럽 스타일이 혼합된 새로운 러시아 음악이라 정리하기도 합니다.

그 결과, 〈레이몬다〉에서는 노장의 안무가와 신동의 작곡가가 펼친 환상적인 팀워크를 느낄 수 있습니다. 여기서 팀워크라고 설명한 데는 그만한 이유가 있어요. 프티파의 발레 작품은 제작 과정에서부터 음악과의 긴밀한 연관성을 지니는 것이 큰 특징이기 때문입니다. 프티파는 차이콥스키에게 매우 디테일하게 요구한 것으로 알려져 있습니다. 장면 하나하나마다 필요한 음악과 박자 등을 꼼꼼하게 기재할 정도였죠. 또 수십 년을 러시아에서 생활한 프티파였지만, 그는 단 한 번도 러시아어를 쓰지 않고 오직 모국어만을 고집할 정도로 강인한 성격의 소유자였습니다. 그러니 러시아 발레를 주름잡던 이 안무가가 자신의 손주뻘이었던 글라주노프와 어떻게 작업했을지는 어렵지 않게 짐작할 수 있습니다.

그러나 이 신동 작곡가는 〈레이몬다〉에서 발레의 이야기 전개에 크게 기여하면서도 음악 자체로도 높은 완성도를 보여주었습니다. 앞서 말했듯이 글라주노프의 곡들은 러시아적인 분위기를 보이면서도 서유럽의 기법이 더해져 러시아 음악의 방향성을 제시했다고 평가될 정도니까요. 특히 화성의 아름다움이 강조돼 세련되고 우아합니다. 〈레이몬다〉에서는 기존의 스타일을 유지하면서도 특유의 리듬과 음계가 녹아 있는 민속 무곡풍의 발레 음악을 작곡했습니다. 여기에는 헝가리의 차르다시, 스페인의 세기디야(Seguidilla), 그리고 폴란드의 마주르카 등이 해당됩니다. 이러한 음악에 맞게 발레는 손뼉을 치는 동작이나, 한 손의 손목을 꺾어 머리 뒤에 붙이는 팔 동작 등 민속 무용을 응용한 이국적인 움직임이 볼거리를 더합니다.

〈레이몬다〉 이후 프티파의 발레는 매너리즘에 빠져 신세대의 도전을 받게 됩니다. 그러나 러시아 출신 무용가인 루돌프 누레예프(Rudolf Nureyev)가 망명 후 서유럽에서 처음 선보인 구소련 작품이 바로 〈레이몬다〉였다는 사실은 이 발레의 가치를 대변하기에 부족함이 없을 것 같아요. 그만큼 〈레이몬다〉는 고전 발레라는 프티파의 정교한 밑그림에 글라주노프가 서정적인 음악으로 색칠한 작품이라는 생각이 듭니다. 프티파의 노련한 발레에 생기를 불어넣은 글라주노프. 둘의 조화가 얼마나 훌륭한 작품을 만들어냈는지 주목하면서 감상하면 좋을 것 같습니다.

Romeo and Juliet

〈로미오와 줄리엣〉

**서툴렀지만 격정적이었던
그때 그 사랑**

6

*

비극적인 사랑을 대표하는 《로미오와 줄리엣*Romeo and Juliet*》. 셰익스피어의 희곡 중 가장 많은 사랑을 받은 이 작품은 음악, 영화, 뮤지컬 등 다양한 분야에 걸쳐 마르지 않는 예술적 원천이 됐습니다. 그러나 과연 우리는 로미오와 줄리엣에 대해 얼마나 알고 있을까요?

로미오(Romeo)와 줄리엣(Juliet)은 서로를 죽기보다 싫어하는 원수 집안의 자녀입니다. 우연히 만난 이들은 첫눈에 반해 부모의 반대를 무릅쓰고 불꽃같은 사랑을 하죠. 결국 사랑을 지키기 위해 죽음까지 불사하는 열정적인 모습을 보여줍니다. 그러나 줄리엣의 나이는 이팔청춘인 16세에도 한참 못 미치는 나이, 즉 14세를 며칠 앞둔 13세에 불과했죠. 더군다나 《로미오와 줄리엣》은 로미오가 로잘린(Rosaline)이라는 다른 소녀에게 구애하다 거절당하는 장면으로 시작됩니다. 그러니까 로미오는 다른 이성을 열렬히 좋아한 지 얼마 되지 않아 곧바로 열세 살의 어린 줄리엣에게 빠져버린 것이죠. 불장난 같은 어린 이들의 사랑을 진짜 사랑이라 말해도 될까요?

철이 강력한 자석에 이끌리듯 서로에게 반한 로미오와 줄리엣의 5일간의 사랑 이야기. 이제 발레로 만나볼게요. 총 3막 중 1막은 베로나의 광장을 배경으로 시작합니다. 로잘린에게 거절당한 로미오가 낙담하고 있자, 친구 머큐시오(Mercutio)와 벤볼리오(Benvolio)는 캐풀렛(Capulet) 백작 집에서 열리는 가면무도회에 함께 가자고 그를 부추깁니다. 한편 철천지원수 사이었던 몬테규(Montague) 가와 캐풀렛 가의 싸움이 공작들에게까지 번지자 영주 에스카라스(Escaras)가 이를 중재합니다. 캐풀렛 가의 무도회에 몰래 숨어들어온 몬테규 가의 청년 로미오는 줄리엣을 보고 한눈에 반하고 맙니다. 두 사람의 운명적인 사랑은 발코니 빠드두로 표현돼요. 달빛 아래에서 영원한 사랑을 속삭이는 이 춤은 작품 전반에 걸쳐 가장 사랑스럽고 낭만적인 춤입니다.

2막은 다시 베로나 광장. 로미오는 줄리엣의 유모로부터 편지를 받고 기뻐합니다. 편지에는 사랑을 맹세하자는 내용이 쓰여 있었죠. 결국 어린 연인은 로렌스 신부(Friar Laurence) 앞에서 비밀 결혼식을 올립니다. 그러던 어느 날, 줄리엣의 사촌오빠인 티볼트(Tybalt)는 자신의 집안 행사에 로미오가 왔던 것을 알고 그에게 결투를 신청합니다. 로미오는 자신에게 불명예가 돌아온다는 것을 알면서도 결투를 거부합니다. 줄리엣과 비밀 결혼을 한 이상, 인척 관계가 된 티볼트와 싸울 수 없었던 것이죠. 로미오를 대신해 결투에 응한 머큐시오가 티볼트에 의해 숨을 거두게 되자, 이성을 잃은 로미오는 티볼트를 죽이게 됩니다. 결투 장면은 두 가문의 갈등이 최고조에 이르는 장면이자, 중세 시대 귀족들의 관습을 생생하게 드러내는 명장면이라 할 수 있어요.

마지막으로 3막은 줄리엣의 침실입니다. 달콤한 하룻밤을 뒤로한 채 로미오는 티볼트를 죽인 죄로 추방령이 떨어져 줄리엣과 아쉬운 이별을 합니다. 곧이어 줄리엣의 부모가 등장해 예비신랑감인 파리스(Paris) 백작을 소개합니다. 당시 중세 유럽의 조혼 풍습에 따라 줄리엣은 14세가 채 되지 않은 나이에 결혼해야만 했죠. 그러나 그녀의 마음속에는 오직 단 한 사람, 로미오가 있었기 때문에 로렌스 신부의 조력을 받아 위험한 계획을 세우게 됩니다. 그 계획은 일정한 시간 동안 가사(假死) 상태로 만들어버리는 비약을 먹고 줄리엣이 죽은 척하는 것이었습니다. 그러면 줄리엣의 부모는 그녀를 무덤에 안치할 테고, 비밀 계획을 전달받은 로미오는 몰래 무덤으로 와 줄리엣을 데리고 도망칠 수 있으니까요. 그러나 줄리엣의 계획은 실패로 돌아갑니다. 비밀 계획의 내용이 담긴 편지가 로미오에게 전달되지 않았기 때문입니다. 결국 로미오는 줄리엣의 죽음 소식을 듣고 달려와 그녀의 곁에서 독약을 먹고 숨을 거둡니다. 이후 잠에서 깬 줄리엣도 죽은 로미오를 보고 단검으로 자신의 몸을 찔러 스스로 목숨을 끊습니다.

사랑, 결투, 부모의 반대, 죽음 등 모든 드라마적 요소를 다 갖춘 〈로미오와 줄리엣〉은 아름다운 춤으로 많은 이들의 사랑을 받았습니다. 그 결과 오늘날 열 개가 넘는 다양한 버전이 전 세계에서 공연되고 있어요. 이 아름답고도 애절한 발레 작품이 탄생할 수 있었던 것은 바로 작곡가 세르게이 프로코피예프(Sergei Prokofiev) 덕분입니다. 1932년, 유럽에서의 활동을 접고 러시아로 돌아온 프로코피예프는 작곡가로서의 능력을 증명하기 위해 〈로미오와 줄리엣〉을 작곡합니다. 1935년에 완성된 이 곡은 차이콥스키의 음악에서 느껴지는 러시아의 전통적 기질을 따르면서도 프로코피예프가 받은 유럽의 모더니즘적 양상을 잘 보여줍니다.

오늘날 프로코피예프의 〈로미오와 줄리엣〉은 셰익스피어의 원작을 가장 잘 재현한 것으로 평가받고 있습니다. 그러나 발레 〈로미오와 줄리엣〉이 초연을 올리기까지는 수많은 난관의 연속이었습니다. 우선 발레단 측에서 그의 음악에 맞춰 발레를 춘다는 것이 불가능하다고 판단했기 때문입니다. 춤을 받쳐줘야 하는 음악이 그 자체로도 너무 복잡하고 어려웠던 것이죠. 또 소비에트 연방의 특수한 정치 체제는 〈로미오와 줄리엣〉의 비극적 결말을 반대했습니다. 소비에트 체제는 '민중의 교육'이라는 명목하에 영웅적이고 권선징악의 낙관적인 내용을 바탕으로 하는 예술을 강조했거든요. 그 결과, 1940년 1월 11일 키로프 발레단(Kirov Ballet, 현 마린스키 발레단)에서 공연된 레오니드 라브롭스키(Leonid Lavrovsky) 안무의 〈로미오와 줄리엣〉은 해피엔딩으로 수정됩니다. 로렌스 신부가 로미오와 줄리엣을 장미 넝쿨에 숨겨준다는 다소 어설픈 결말이었죠.

게다가 이때 사용된 프로코피예프의 음악은 난도질된 것이었습니다. 하지만 프로코피예프가 자신의 의도를 끊임없이 유지하며 연주한 결과, 유럽에서는 음악의 인지도에 힘입어 온전한 〈로미오와 줄리엣〉이 공연되기 시작합니다. 프레더릭 애슈턴의 작품은 1955년 덴마크 왕립 발레단에서 초연됐고, 존 크랑코(John Cranko)의 작품은 1962년 독일 슈투트가르트 발레단에 의해 초연됐죠. 이 중 1965년 영국 왕립 발레단에 의해 초연된 케네스 맥밀란(Kenneth MacMillan)의 안무가 가장 유명합니다. 국내 유니버설 발레단도 맥밀란의 〈로미오와 줄리엣〉을 공연하고 있어요. 다행히도 오늘날 마린스키 발레단에서 공연하는 라브롭스키의 〈로미오와 줄리엣〉은 그의 아들인 미하일 라브롭스키(Mikhail Lavrovsky)가 다시 원작과 동일한 슬픈 결말로 재수정한 것입니다. 이렇게 '로미오와 줄리엣 = 비극'이라는 등식은 어렵사리 발레에서도 성립하게 됐습니다.

끝내 비극으로 완성되는 〈로미오와 줄리엣〉. 이 연인이 이루어질 수 없는 사랑 앞에서 이토록 격정적일 수 있었던 것은 아마도 철없고 서툴렀기에 가능한 일이지 않았을까요? 가슴 아프지만 그렇기에 이 작품은 어디에도 견줄 수 없는 감동을 전합니다. 순수함에서 격렬함으로 이어지는 무용수들의 춤에 몰입하다 보면, 어딘가 어설펐지만 한없이 강렬했던 그때 그 사랑의 기억을 되돌아보게 될지도 모르겠습니다.

Le Parc

〈르 파르크〉

세상에서 가장 낭만적인 키스

7

＊

훌륭한 무용 작품이란 어떤 것일까요? 한 번 보면 절대 잊을 수 없는 강렬한 명장면이 있고, 이를 통해 찌릿한 전율과 감동을 주는 작품이지 않을까 싶습니다. 그런 의미에서 앙줄랭 프렐조카주(Angelin Preljocaj)의 〈르 파르크〉는 매우 훌륭한 발레 작품이라고 할 수 있습니다. 프렐조카주는 이 작품에서 지금껏 어디서도 본 적 없는 독보적인 한 장면, 이름하여 세상에서 가장 낭만적인 공중 키스신을 보여주었으니까요.

〈르 파르크〉는 프랑스어로 '공원'을 의미합니다. 공원에서 우연히 만난 남녀가 사랑하는 과정을 추상적으로 담아내고 있죠. 이 발레는 17세기에 출간된 라파예트 부인(Marie-Madeleine de La Fayette)의 소설인 《클레브 공작부인 *La Princesse de Clèves*》을 모티브로 삼았다고 전해집니다. 이 소설은 16세기를 바탕으로 애정 관계에서 일어나는 질투, 증오, 정념 등이 긴밀히 드러나는 것이 묘미입니다. 프렐조카주는 당시 사랑이라는 감정에 익숙지 않았던 소설 속 여성의 이미지에서 강한 영감을 받았던 것으로 짐작됩니다. 작품 속 남녀가 서로에게 이끌리고 저항하다 마침내 서로를 받아들이는 일련의 과정을 상당히 내밀하게 드러내고 있어요. 사실상 여자의 관점이라고 할 수 있습니다.

나아가 〈르 파르크〉의 핵심 포인트는 고전적인 우아함과 현대적인 세련됨의 조화에 있습니다. 고전적인 요소로는 모차르트(Wolfgang Amadeus Mozart)의 음악, 로코코 스타일의 의상, 그리고 17~18세기 프랑스 궁정의 정원이라는 배경이 한 축을 이루고 있습니다. 이에 비해 고전 발레를 여러 각도로 변형한 새로운 움직임, 간결한 세트 그리고 줄거리를 배제한 추상적인 작품 전개는 굉장히 현대적이죠. 작품에는 남녀 주인공을 포함한 여러 명의 귀족 여성과 남성 그리고 네 명의 정원사가 등장합니다. 이 중에서 정원사의 춤 부분을 제외하고 모두 모차르트의 음악이 사용됐습니다. 작품 속 정원사들은 고전과 현대를 넘나들며 남녀의 관계를 전개하는 매개자 역할이라 할 수 있어요.

3부로 구성된 이 발레 작품에는 부분마다 남녀의 빠드두가 등장합니다. 구체적인 줄거리 대신 세 개의 빠드두가 이 작품의 중심을 이루고 있죠. 프렐조카주는 이 빠드두에 '만남', '저항', '해방'이라는 부제를 붙였습니다. 이 부제는 남녀의 춤에서 느껴지는 인물의 심리 변화를 완벽하게 함축합니다. 빠드두 위주로 작품을 살펴볼게요.

먼저 1부가 시작되면 공원을 거니는 사람들의 모습이 보입니다. 여기서 우연히 만난 주인공이 서로에게 이끌리면서 '만남'이라는 첫 번째 빠드두가 이어져요. 흐르는 음악은 모차르트 〈피아노협주곡 14번〉이고요. 이 빠드두는 남녀가 약간의 거리를 둔 채 경쾌한 리듬으로 같은 동작을 미러링 하는 것이 특징입니다. 둘의 거리감은 첫 만남에서 일어나는 어색함과 설렘의 감정을 표현하는 듯하죠. 이렇게 나란히 선 두 사람의 움직임은 피아노의 검은 건반과 흰 건반, 혹은 건반 위의 두 손을 연상시킵니다.

다음으로 2부에서는 공원에서 연애에 한창인 커플들이 등장합니다. 발랄한 여인들과 이에 들뜬 남성들이 사랑을 속삭이듯 춤을 춥니다. 이후 등장하는 두 번째 빠드두는 '저항'입니다. 이 부제는 남자의 구애에 외면하려 애쓰는 여자의 심리를 대변합니다. 마음은 끌리지만 이런 감정을 자유롭게 받아들일 수 없는 여자, 그리고 그녀를 부서질 듯 끌어안는 남자의 대조가 애절하게 다가옵니다. 모차르트 〈피아노협주곡 15번〉이 끝나갈 무렵 여자는 결국 남자의 품속을 뿌리쳐 나오며 자리를 떠납니다.

3부에서는 깊은 밤 다시 만난 남녀가 마지막 빠드두를 춥니다. 코르셋과 크레놀린을 벗은 여자의 모습은 억압적이었던 무언가로부터의 '해방'을 의미합니다. 억압의 근원은 개인적인 이유일 수도, 혹은 사회적인 이유일 수도 있겠죠. 그러나 욕망을 받아들이기로 한 이 여인은 남자의 가슴에 머리를 받치고 이리저리 비비며 온몸으로 그를 갈구합니다. 그리고 애처로운 저항 후 찾아온 해방의 고조된 감정은 두 사람의 격정적인 키스로 이어집니다. 닿을 듯 말 듯하던 그들의 입술이 포개지는 순간, 남자는 자신을 끌어안은 여자와 입술이 닿은 채 회전하기 시작합니다. 회전 속도가 점점 빨라지면, 남자의 목에 매달린 여자는 하늘을 날 듯 허공을 가로지르죠. 공중 키스신은 사랑이라는 욕망이 불러오는 황홀함을 표현한 프렐조카주만의 전매특허 장면입니다.

마지막 빠드두에 대해 조금 더 이야기할게요. 이 공중 키스신은 점점 고조되던 남녀의 감정이 절정에 이르고, 그 감정에 파묻혀 서로에게 충실한 모습을 상징합니다. 두 사람의 응축된 에너지가 점점 거세지는 소용돌이같이 휘몰아치는 것이죠. 특히 어떠한 장비나 특수효과 없이 오로지 무용수들의 몸으로 완성된 동작이기에 그 예술적 표현은 경이롭기까지 합니다. 이 장면은 2011년 프랑스 항공사인 에어프랑스(Air France)의 광고에도 사용될 정도였으니 가히 명장면 중 명장면이라 할 수 있겠습니다.

또한 배경음악인 모차르트 〈피아노협주곡 23번〉의 2악장은 모차르트가 당시 유럽인들의 낙원으로 여겨지던 시칠리아 섬으로부터 영감을 얻어 작곡한 곡입니다. 아름답지만 한편으로는 슬픈 감정을 불러일으키는 선율이 매력적이죠. 이 음악의 복합적인 인상은 사랑의 절정을 그린 춤과 만나 더욱더 인상적으로 다가옵니다. 황혼빛에 물든 인생의 한순간을 떠올리게 할 만큼 가슴 벅찬 장면이 아닐 수 없습니다. 이 마지막 빠드두는 컨템포러리 발레(Contemporary Ballet) 작품에서는 드물게 갈라 공연에서 독립적으로 올려질 정도로 많은 사랑을 받고 있습니다. 전체 작품을 알리는 데도 큰 역할을 했죠.

독창적인 텍스트 해석과 창의적인 움직임을 통해 추상적인 작품을 강렬하면서도 세밀하게 그려낸 프렐조카주. 그는 작품을 초연한 1994년 이후, 이듬해인 1995년 〈르 파르크〉로 인정을 받아 발레계에서 가장 권위 있는 상인 브누아 드 라 당스(Benois de la Danse)의 안무가상을 수상했습니다. 추상적이지만 어렵지 않은 무대, 또 심장을 움켜쥐게 하는 서정적이면서도 세련된 프렐조카주의 안무를 전 세계가 인정한 것입니다.

21세기를 눈앞에 두고 탄생한 프렐조카주의 〈르 파르크〉는 단 한 장면으로 예술적 극치를 선사합니다. 시대가 흘러도 여전

히 세련된 이 작품을 보면서 황홀한 사랑의 감정에 온몸을 맡겨
보길 바랍니다.

Swan Lake

〈백조의 호수〉

**발레 하면 가장 먼저 떠오르는
바로 그 작품**

8

＊

발레에 익숙지 않은 사람이라도 발레 하면 〈백조의 호수〉를 가장 먼저 떠올리지 않을까요? 그만큼 〈백조의 호수〉는 전 세계에서 가장 많이 공연되는 작품이자 수많은 발레 애호가들을 탄생시킨 유명한 작품입니다. 차이콥스키의 음악 역시 유명하죠. 〈백조의 호수〉 전체를 관통하는 멜로디인 '백조' 테마가 아주 강렬합니다. 90년대 한국 가요계를 대표했던 남성 그룹이 이 멜로디를 샘플링 한 노래를 만들기도 했죠.

이렇게 〈백조의 호수〉는 클래식 발레를 대표하는 유명한 작품이지만, 놀랍게도 이 작품이 1877년 러시아 볼쇼이 극장에서 초연됐을 때는 그리 좋은 평을 받지 못했습니다. 아니 완전한 실패나 다름없었죠. 사람들은 차이콥스키의 음악이 발레보다는 오페라와 어울린다고 불평했고, 라이징거(Julius, or Vaclav Reisinger)의 빈약한 안무는 실로 엄청난 혹평을 받았습니다. 그 결과 이 작품은 정규 레퍼토리에서 탈락하고 맙니다. 그렇다면 어떻게 이 발레는 초연의 실패라는 굴욕을 딛고 오늘날 발레를 대표하는 명작이 될 수 있었을까요?

성공의 열쇠는 러시아 발레의 아버지로 불리는 프티파에게 있었습니다. 프티파는 제자인 레프 이바노프와 함께 대대적인 〈백조의 호수〉의 수정 작업에 돌입합니다. 마침내 1895년 프티파는 새로운 〈백조의 호수〉를 탄생시켰습니다. 왕자와 공주가 죽음에 이르고 그들의 슬픔이 폭풍과 홍수 속에 휩쓸린다는 기존의 어수선한 결말은 달콤하고 부드러운 내용으로 수정됐습니다. 또 위엄 있는 궁정의 모습과 정교한 백조들의 군무가 완성도를 높였죠. 수정된 작품은 즉각적으로 폭발적인 반응을 불러일으켰습니다. 프티파 덕분에 〈백조의 호수〉는 〈잠자는 숲속의 미녀〉와 함께 오늘날까지 발레를 지탱하는 완벽한 두 기둥이 됐습니다. 딱 한 가지 아쉬운 점이 있다면, 먼저 세상을 떠난 차이콥스키가 〈백조의 호수〉의 성공을 보지 못했다는 거예요.

〈백조의 호수〉는 사악한 마법사에 의해 백조로 변한 아름다운 오데트(Odette) 공주의 이야기를 담고 있습니다. 이 매력적인 설정은 독일에서 전승되던 설화나 여러 동화 자료에 기인한다고 전해집니다. 이를 바탕으로 〈백조의 호수〉는 총 4막으로 구성됩니다. 프티파의 거의 모든 작품이 그렇듯이 이 발레도 장대한 스케일을 가진 대작입니다.

그러나 〈백조의 호수〉는 다른 작품과 달리 화려한 궁전과 몽환적인 호숫가를 오가는 새로운 묘미를 선사합니다. 즉, 궁정을 배경으로 하는 1막과 3막이 호화롭고 장려한 고전 발레의 전형을 보여준다면, 이와 대조적으로 호숫가가 등장하는 2막과 4막에서는 서정적이고 낭만적인 아름다움의 절정을 보여줍니다. 〈백조의 호수〉의 재미는 바로 이 대조적인 분위기를 넘나드는 긴장감에 있어요. 이렇게 이 발레가 색다른 전경을 펼칠 수 있었던 것은 프티파와 이바노프가 분업을 했기 때문입니다. 1막과 3막의 궁정풍은 프티파가, 2막과 4막의 서정풍은 이바노프가 따로 안무한 것이죠. 샹들리에의 불빛이 달빛으로 바뀌고, 달빛이 다시 샹들리에로 변화되는 무대를 머릿속에 그리면서 이야기를 이어갈게요.

1막이 시작되면, 왕자 지그프리드(Siegfried)가 등장합니다. 그의 성인식을 축하하기 위해 궁정은 어느 때보다 화려합니다. 또 성인이 된 기념으로 화살을 선물 받은 왕자는 누구보다 기품 있어 보입니다. 연회는 궁정에 초대된 남녀들의 춤으로 한창이죠. 우아하면서도 밝은 군무와 빠드트로와가 주요 대목입니다. 특히 궁정의 재담과 묘기를 담당하는 광대 제스터(Jester)는 파티의 분위기를 한껏 띄웁니다. 이윽고 날이 저물고 축하연이 끝나자 사람들은 성을 떠나고, 왕자는 홀로 남아 춤을 춥니다.

백조 멜로디가 감미롭게 흐르면서 2막이 시작됩니다. 무대는 달빛이 비치는 호숫가. 호수 위에 떠 있는 우아한 백조들의 모습이 보입니다. 외로움에 홀로 호숫가에 이끌려 온 왕자는 이곳에서 백조들이 아름다운 소녀로 변신하는 장면을 목격합니다. 놀란 왕자가 백조를 향해 활을 쏘려고 하자, 오데트가 등장해 살려달라고 간청합니다. 그리고 그녀는 팬터마임으로 자신이 마법사인 본 로트바르트(Von Rothbart)의 저주에 걸려 낮에는 백조로 살아가는 처지이며, 이 저주를 풀 수 있는 건 오직 자신을 진정으로 사랑하는 이의 맹세뿐이라고 말합니다. 슬픔에 잠긴 오데트와 지그프리드의 빠드두는 〈백조의 호수〉 중 가장 아름다우면서도 로맨틱한 장면입니다. 뒤이어 작은 네 마리 백조의 춤과 큰 백조의 춤 등으로 호숫가의 환상이 절정에 다다르면, 왕자는 오데트에게 영원한 사랑을 맹세합니다. 하지만 날이 밝아오자 오데트는 다시금 백조로 변하면서 아쉬운 작별을 고합니다.

3막은 다시 궁전입니다. 무도회에서 왕자는 신부감으로 초대된 각국의 공주들과 춤을 춥니다. 왕비는 왕자에게 마음에 드는 공주가 있는지 물어보지만, 그는 오데트를 떠올리며 거절합니다. 바로 이때, 팡파르가 울려 퍼지면서 새로운 손님의 등장을 알립니다. 정체를 알 수 없는 기사와 그의 매혹적인 딸은 다름 아닌 로트바르트와 오딜(Odile)이었습니다. 왕자는 흑조인 오딜을 백조의 여왕인 오데트로 착각해 기뻐하죠. 그의 눈에 오딜이 오데트로 보였던 것은 로트바르트의 마법 때문이었습니다. 각국의 민속춤 디베르티스망으로 무도회 분위기가 무르익으면, 왕자와 오딜이 그랑 빠드두를 춥니다. 백조와 달리 관능미와 카리스마가 넘치는 오딜의 표현이 관객을 압도하는 대목이에요. 이는 클래식 발레 중에서도 가장 화려하고 난도가 높은 테크닉이 집중된 춤으로, 발레리나가 한 발로 32번의 연속회전을 보이는 푸에떼도 등장합니다. 이렇게 한바탕 춤을 추고 나자, 왕자는 왕비에게 오딜과 결혼하겠다고 말하며 영원한 사랑을 맹세하는 팬터마임이 이어집니다. 성급했던 이 순간, 오딜의 간교한 웃음과 함께 로트바르트는 본 모습을 드러내고 저 멀리 슬픔에 괴로워하는 백조의 모습이 보입니다. 자신의 실수를 깨달은 왕자는 성을 뛰쳐나와 호숫가로 달려갑니다.

4막의 호숫가는 로트바르트의 꾐에 속아 넘어간 왕자로 인해 절망으로 가득합니다. 비탄에 젖은 백조들과 희망을 잃은 오데트가 슬픔의 춤을 춥니다. 왕자가 달려와 용서를 구하지만, 로트바르트는 이들의 사랑을 가로막습니다. 이렇게 선량한 백조와 악한 흑조들이 뒤섞여 작품은 결말을 향해 달려가죠. 이후 〈백조의 호수〉는 다양한 결말이 있습니다. 러시아와 국내 발레 단의 경우에는 지그프리드 왕자와 오데트가 로트바르트와 싸 워 이긴다는 해피엔딩이지만, 미국 발레단이나 파리 오페라 발 레단에서는 오데트가 호숫가로 몸을 던져 스스로 목숨을 끊거 나 로트바르트에 의해 하늘로 승천한다는 비극으로 막을 내립 니다. 전자가 진실한 사랑의 위대함을 강조한다면, 후자는 불행 한 결말이 갖는 극적인 순간을 강조하죠. 발레단마다 다른 결말 을 지켜보는 것도 〈백조의 호수〉만이 가진 흥미로운 감상 포인 트일 거예요.

〈백조의 호수〉에서는 한 발레리나가 오데트와 오딜을 동시 에 연기하는 부분이 가장 인상 깊지 않을까 싶습니다. 실제로 〈백조의 호수〉는 주역 발레리나에게 하나의 도전과도 같은 작 품입니다. 선하지만 연약한 오데트에서부터 악하지만 치명적인 매력을 가진 오딜에 이르기까지 대조적인 표현을 소화해내야 하기 때문입니다. 바로 이러한 내용을 소재로 만들어진 영화가 2010년에 개봉한 〈블랙 스완〉입니다. 영화는 주인공 니나(나탈리 포트만)가 〈백조의 호수〉의 주역으로 캐스팅되면서 백조와 흑조 의 1인 2역을 완벽하게 보여주기 위해 고군분투하는 과정을 서 스펜스 넘치게 그려냅니다. 발레 〈백조의 호수〉를 더욱더 풍성 하게 즐길 수 있는 또 하나의 콘텐츠라 할 수 있어요.

여기서 끝이 아닙니다. 〈백조의 호수〉가 주는 강렬함은 많은 현대 안무가에게 예술적 발판이 되었습니다. 이들은 각기 새로 운 해석으로 이 발레가 갖는 권위에 도전장을 내밀었죠. 그중 가장 유명한 작품이 매튜 본(Matthew Bourne)의 1995년 작품입니다. 여기서는 미의 대상인 백조를 남성으로 전환시킨 안무가의 참신함이 돋보입니다. 남성 백조의 강인한 매력은 엄청난 센세이션을 일으켰어요. 가장 최근의 패러디 작품으로는 알렉산더 에크만(Alexander Ekman)의 2014년 작품이 있습니다. 여기서 무용수들은 실제 물 위에서 춤을 춰 '워터 발레(Water Ballet)'라는 신개념을 선보였습니다.

이처럼 클래식 발레를 대표하는 작품으로서 현대 예술에도 끊임없이 영감을 주는 〈백조의 호수〉. 지금으로서는 〈백조의 호수〉가 없는 발레란 상상하기 힘들 정도입니다. 그러나 초연의 실패로 하마터면 사라질 뻔했던 비화를 생각하면 한 가지 분명한 것이 있습니다. 아무리 흥미로운 소재일지라도 음악과 안무가 서로 어울리지 못하면 생명력을 잃고 만다는 것이죠. 350년의 전통을 자랑하는 파리 오페라 발레단에서 활약 중인 박세은 발레리나도 이 점을 강조합니다. "군무 무용수들과 주역 무용수가 함께 주는 시너지 효과, 거기다 차이콥스키의 음악이 더 해진 조합은 완벽 그 자체예요. 이 중 하나라도 빠지면 〈백조의 호수〉는 절대 완성될 수 없을 겁니다." 이런 언급은 그녀가 2015년에 이어 2019년에도 동양 발레리나 최초로 오데트의 영광을 누렸다는 사실에 비춰 볼 때 더욱더 값지게 느껴집니다.

〈백조의 호수〉가 보여주는 빈틈없는 조화를 과연 무엇에 비유할 수 있을까요? 한 폭의 아름다운 그림이라 표현하기엔 그 시간이 너무나 황홀하고, 또 오케스트라의 연주 형태를 닮았다고 하기엔 눈앞에 펼쳐지는 이미지가 너무나 찬란합니다. 〈백조의 호수〉가 전하는 감동은 오직 발레만의 영역이지 않을까 싶습니다. 발레는 수많은 요소가 조화롭게 어우러질 때 비로소 빛을 발하는 예술이라는 점을 기억하면서, 클래식 발레를 대표하는 〈백조의 호수〉를 감상해보길 바랍니다.

Jewels

〈보석〉

**에메랄드, 루비, 다이아몬드처럼
반짝이고 싶을 때**

9

*

1904년 1월 22일 제정 러시아 상트페테르부르크에서 태어난 조르지 멜리토비치 바란쉬바즈(Giorgiy Melitonovich Balanchivadze)는 훗날 미국 발레에 엄청난 영향을 줬습니다. 그러나 그의 발레 인생은 지극히 우연히 시작됐습니다. 누이의 제국 발레 학교(Imperial Ballet School) 입학 시험에 동행한 바란쉬바즈는 교사의 권유로 즉흥에 가까운 시험을 보았고, 결국 그가 누이 대신 합격하게 됐거든요. 얼떨결에 입학하게 된 어린 바란쉬바즈는 마린스키 발레단의 〈잠자는 숲속의 미녀〉 공연에 무동으로 출연하면서 발레의 진정한 아름다움을 깨닫게 됩니다.

성인이 된 바란쉬바즈는 프랑스 파리에서 예술 기획자인 세르게이 디아길레프(Sergei Diaghilev)를 만나 일생일대의 큰 전환기를 맞이합니다. 바란쉬바즈가 조지 발란신(George Balanchine)으로 개명한 것도 이 시기 디아길레프의 영향이었죠. 발란신은 디아길레프가 이끄는 발레 뤼스(Ballet Russes)[1]에 합류해 안무가로서 종횡무진으로 활약합니다. 발레 뤼스는 20세기 초 프랑스를 중

1   발레 뤼스는 세르게이 디아길레프라는 상업적 예술 기획자에 의해 1909년 결성된 단체입니다. 프랑스어로 '러시아 발레(Russian Ballet)'를 의미하는 발레 뤼스의 이름에서 알 수 있듯이, 이 단체는 러시아 발레를 유럽에 소개하고자 했죠. 발레 뤼스는 1909년부터 1929년까지 20년이라는 기간 동안 87개의 작품을 선보였으며, 이국적이고 현대적인 작품으로 유럽인들의 관심을 끌었습니다. 특히 발레 뤼스의 작품은 고전적 기법과 체제를 타파함으로써 모던 발레(Modern Ballet)의 시초로 평가됩니다. 발레 뤼스의 대표 작품 중 본 책에서는 〈봄의 제전〉, 〈세헤라자데〉를 소개하고 있습니다.

심으로 유럽에서 선풍적인 인기몰이를 하고 있던 발레 단체였어요. 발란신은 4년 반이라는 기간 동안 발레 뤼스에서 많은 작품을 만들었고, 유럽인들은 그의 발레를 좋아했습니다. 발란신은 그 과정에서 신세기에 어울리는 새로운 발레 스타일을 구축해나가게 됩니다.

1933년 발란신은 미국으로 귀화합니다. 기회의 땅 미국에서 그는 아메리칸 발레학교(School of American Ballet)와 오늘날 뉴욕 시티 발레단(New York City Ballet)의 모태가 되는 발레 소사이어티(Ballet Society)를 탄생시킵니다. 무엇보다 러시아나 프랑스와는 확연히 달랐던 미국의 활기참과 열기가 그에게 풍부한 예술적 자양분이 됐습니다. 발란신의 발레는 고전 발레에 미국적 감성을 담은 새로운 것이었죠. 이렇게 발란신의 발레는 고전에서 현대로 나아가는 분수령으로서, 오늘날 그는 발레 역사에 크나큰 업적을 남긴 인물로 회자됩니다.

설명이 좀 길었습니다. 이렇게까지 발란신에 대해 자세하게 이야기한 이유는 이번에 소개할 발레 〈보석〉에 그의 발레 인생이 스며들어 있기 때문입니다. 이 작품은 발란신이 1967년, 뉴욕 5번가를 산책할 때 고급 브랜드인 반클리프 아펠(Van Cleef & Arpels)에 전시된 보석에 영감을 받아 만들었습니다. 그는 에메랄드, 루비, 다이아몬드의 세 가지 보석을 주제로 해 자신이 자라고 활약한 나라들을 표현했습니다. 유년기 그가 사랑하게 된 제정 러시아의 발레는 순결한 다이아몬드로, 발레의 발생지이자 낭만 발레를 꽃피운 프랑스는 고풍스러운 에메랄드로, 전통에 얽매이지 않는 자유분방한 미국의 에너지는 불꽃같은 루비로

그 특색을 담아냈죠.

발란신의 〈보석〉은 어떠한 스토리도 따르지 않고 그저 세 가지 보석을 테마로 하는 것이 특징입니다. 각각의 보석으로 장식된 의상과 여기에 딱 어울리는 춤과 음악이 많은 것을 보여주는 작품이에요. 이제 작품에 관한 이야기를 읽을 때는 무용수들이 움직일 때마다 반짝이는 보석을 상상해보세요.

첫 번째 테마는 에메랄드입니다. 보석의 짙은 녹색은 〈지젤〉이나 〈라 실피드〉에 나올 법한 몽환적인 숲을 연상시킵니다. 지고지순한 사랑이나 초현실적인 환상의 세계를 연 낭만 발레의 대표작들이죠. 1800년대 프랑스에서 탄생한 낭만 발레는 엄청난 인기를 끌었습니다. 전 유럽에 걸쳐 낭만 발레가 유행했고, 러시아에서도 많은 사랑을 받았습니다. 발란신의 에메랄드는 로맨틱한 프랑스 발레에 대한 찬사라고 할 수 있습니다.

여기서 사용된 음악은 가브리엘 포레(Gabriel Faure)의 〈펠레아스와 멜리장드〉와 〈샤일록〉입니다. 서정적이고 낭만적인 분위기가 특징인 포레의 음악에 맞춘 무용수들의 스텝은 솜털같이 가볍고 연기처럼 아른거립니다. 에메랄드빛으로 물든 로맨틱 튀튀를 입고서요. 프랑스는 그가 발레 뤼스로 활동했던 특별한 나라입니다. 프랑스 발레에 대한 발란신의 남다른 애정이 몽환적 빛깔이 일품인 에메랄드로 반짝이는 것이죠.

두 번째 테마는 루비입니다. 루비의 강렬하고 영롱한 붉은색은 미국의 역동적인 감각과 닮았습니다. 미국은 발란신이 발레의 거장으로 거듭난 나라이자 그에 의해 고전 발레가 현대적으로 개혁될 수 있었던 모더니즘의 중심지였습니다. 그런 덕분에 음악의 마디마디를 꽉 채운 루비의 춤은 자신감 넘치고 활기찹니다. 고전적인 동작을 여러 각도로 변형한 이 스텝들은 그 자체로 자유분방한 미국 문화를 표현하며, 짧은 플랫 스커트의 의상은 간결하지만 강렬한 루비의 분위기를 강조합니다.

여기서 사용된 음악인 이고르 스트라빈스키(Igor Stravinsky)의 〈피아노와 오케스트라를 위한 카프리치오〉는 루비의 춤과 환상의 궁합을 보여줍니다. 스트라빈스키는 발란신과 비슷한 시기 발레 뤼스의 전속 작곡가로 활동한 후 미국으로 귀화한 러시아 작곡가입니다. 그의 음악은 미국적인 동시에 현대적인 것을 상징하죠. 즉, 스트라빈스키의 음악과 발란신의 발레는 모두 고전의 틀을 깬 현대 예술의 산물이니 이보다 더 적절한 조합은 없을 것 같습니다. 이렇게 힘차고 재치 있는 춤이 특징인 루비는 서정적인 에메랄드와 대비되면서 가장 발란신다운 춤을 볼 수 있는 부분입니다.

마지막 세 번째 테마는 다이아몬드입니다. 보석 중의 보석이라 할 수 있는 다이아몬드는 역사상 가장 화려했던 제정 러시아의 황실을 상징합니다. 다이아몬드의 광채는 눈꽃처럼 하얀색으로 표현돼 밝고 맑게 반짝이는 무대를 펼쳐냅니다. 에메랄드가 낭만 발레에 대한 찬사라고 한다면, 다이아몬드는 〈백조의 호수〉나 〈잠자는 숲속의 미녀〉로 대표되는 러시아 고전 발레에 대한 오마주(hommage)라고 할 수 있습니다. 따라서 여기서는 러시아 발레의 황금기를 구가했던 고전 발레의 요소들이 모두 사용됐습니다. 클래식 튀튀는 기본이고 귀족적인 분위기와 화려한 테크닉, 완벽한 대칭을 이루는 안무 등이 돋보입니다.

그렇다면 다이아몬드에는 어떤 작곡가의 음악이 사용됐을까요? 바로 러시아 발레 음악의 절대강자인 차이콥스키의 음악, 그중에서도 〈교향곡 3번〉이 사용됐습니다. 이 곡은 완성 직후 그가 작곡한 〈백조의 호수〉에 영감이 됐을 만큼 차이콥스키 음악에서 큰 전환점을 마련한 곡입니다. 발란신이 나고 자란 나라이자, 그의 발레의 뿌리인 러시아. 그곳의 춤을 차이콥스키의 근사한 곡으로 표현해 의미가 깊습니다. 다이아몬드 춤은 몽환적이었던 에메랄드, 또 열정적이었던 루비와 전혀 다른 매력을 선사합니다. 우아함과 기품이 넘쳐나는 무대로 이 작품의 피날레를 화려하게 장식해요.

세 가지 보석을 품은 춤을 이렇게 비교하고 싶습니다. 에메랄드는 아련하고 수줍은 우아함, 루비는 명료하고 영롱한 우아함, 마지막 다이아몬드는 화려하고 위엄있는 우아함으로요. 에메랄드처럼 은은하고, 루비처럼 강렬하고, 또 다이아몬드처럼 순결무구한 발란신의 〈보석〉. 이 작품은 한 예술가의 발레 인생만큼이나 우리의 일상을 찬란하게 장식해주는 보석 같은 발레입니다.

Boléro

〈볼레로〉

옴므파탈의 매력에 빠져보는 시간

10

＊

2005년에 개봉한 영화 〈왕의 남자〉. 영화 속 배우 이준기는 꽃미남 열풍의 한가운데 있었습니다. 그즈음부터 오늘날까지 대중들은 여자보다 아름다운 남성에게 뜨거운 관심을 보냈죠. 근육질 몸매로 대변되던 마초적인 남성의 이미지도 한물간 것이 됐습니다. 여성미가 물씬 풍기는 남성들에 열광하는 세태는 '메트로섹슈얼리즘(Metro-Sexualism)'이라는 개념으로 설명됩니다. 이는 외모를 가꾸고 내면적으로도 부드러운 여성의 이미지를 긍정적으로 받아들이는 남성의 등장과 문화적 변화를 대변해요.

발레 무대에서 아름다운 남성이 센세이션을 일으킨 시대는 한 세기 전에 이미 등장했습니다. 그 주인공은 러시아 태생의 천재적 발레리노인 바슬라프 니진스키(Vaslav Nijinskii)였습니다. 그는 1909년부터 활동한 발레단인 발레 뤼스의 여러 작품에서 아름다운 남성 이미지를 선보였습니다. 그를 위시해 이후 미적이고 성적인 개념이 변화함에 따라 무대 위 남성 무용수들의 이미지는 스펙트럼을 넓혀갔습니다. 이번에 살펴볼 모리스 베자르(Maurice Bejart)의 〈볼레로〉가 특기할 만한 경우입니다. 이 작품에서 주역으로 활약한 조르주 돈(Jorge Donn)은 중성적이고 몽환적인 이미지로 남성의 아름다움을 강조했습니다. 이토록 옴므파탈이 극대화된 발레 작품은 전무후무할 정도죠.

베자르의 〈볼레로〉를 만나보기에 앞서, 이 작품의 진면목을 알기 위해서는 음악을 먼저 살펴봐야 합니다. 〈볼레로〉의 음악은 프랑스 인상주의 음악을 대표하는 모리스 라벨(Maurice Ravel)이 작곡한 동명의 곡입니다. 그는 1927년 발레 뤼스에서 활동한 러시아 출신의 발레리나인 이다 루빈스타인(Ida Rubinstein)의 의뢰를 받아 1928년에 이 곡을 작곡했습니다. 작품은 스페인의 선술집을 배경으로 하며, 한 무용수가 탁자 위에서 춤을 추면 분위기가 고조되면서 술집에 있던 사람들이 다 같이 춤을 춘다는 내용이었습니다.

단순한 내용 덕분에 라벨의 음악 또한 굉장히 단순한 구조로 돼 있습니다. 두 개의 멜로디가 18번이나 반복되니까요. 하지만 라벨은 반복할 때마다 악기의 조합을 달리하면서 증폭되는 크레센도 기법을 사용했습니다. 그 결과 음악이 진행되는 15분 동안, 플루트 한 대의 고요한 소리에서 시작해 목관 악기와 금관 악기, 그리고 타악기와 현악기까지 합세하면서 화려한 피날레로 끝맺는 훌륭한 음악이 완성됐습니다. 이 곡으로 라벨은 '근대 관현악의 대가', '음악의 색채주의자'라는 수식어를 얻으며 대성공을 거뒀습니다.

마치 끝이 없을 것만 같은 반복과 증폭으로 광란의 분위기를 끌어내는 라벨의 음악. 이는 한 번 들으면 계속 흥얼거리게 되는 마성의 음악입니다. 하지만 연주자의 측면에서는 작은 실수조차 결코 용납되지 않는 까다로운 곡이라고 합니다. 그렇지만 베자르의 발레 〈볼레로〉는 틀릴까 봐 초조하고 불안한 연주가 아닌, 라벨의 의도를 가장 잘 느낄 수 있는 춤의 무대를 만들어냈습니다. 심지어 그의 작품은 관능미를 최대치로 끌어올림으로써 남성 무용수의 영역을 새롭게 개척해냈죠.

무대를 살펴볼게요. 조명이 켜지면 무대 위로 빨간 원형 테이블이 눈에 들어옵니다. 아주 작은 음량으로 멜로디가 흐르기 시작하면 테이블 위에 서 있는 한 명의 무용수가 춤을 추기 시작하죠. 그는 검은 타이츠를 골반까지 내린 간결한 의상으로 상체를 노출시켜 매끈하면서도 탄탄한 남성의 신체를 과감히 드러냅니다. 도입 부분에서 무용수는 시종일관 같은 리듬을 반복하는 스네어 드럼 소리에 맞춰 작은 스텝을 밟습니다. 그리고 음악이 점점 고조될 때마다 무용수의 움직임은 팔에서 골반, 다리에서 전 신체로 확장됩니다. 같은 동작이 여러 번 반복될 때마다 시선과 몸의 높이가 변화하면서 에너지가 점차 증폭됩니다.

이어 무용수의 춤에 역동적인 바운스와 아라베스크 그리고 점프 동작이 추가되면서 분위기는 한층 무르익습니다. 그러면 수많은 현악기가 멜로디를 받쳐주듯 탁자를 둘러싸고 있던 다른 무용수도 함께 춤을 추기 시작하죠. 작품이 후반부에 다다르면, 번쩍이는 금관 악기의 파워풀함에 반응하듯 주역과 군무 모두가 폭발적인 에너지를 창출합니다. 무표정했던 주역 무용수는 입을 크게 벌리며 관능적 쾌락이 절정에 다다른 것 같은 불타오르는 욕정을 표현합니다. 군무의 움직임 또한 붉은 테이블 위의 무용수를 탐하는 욕망으로 점철됩니다. 심장이 터질 것만 같은 타악기의 소리가 더해지면서 작품이 막바지에 이릅니다. 마침내 남성 무용수들이 뿜어내는 극강의 야성미가 무대를 뚫을 정도로 거세지고, 강렬한 포즈로 〈볼레로〉는 끝을 맺습니다.

베자르가 자신의 무용단인 벨기에의 20세기 발레단(Ballet of the 20th Century)에서 처음 〈볼레로〉를 선보인 것은 1960년입니다. 이후로도 주인공 역할은 줄곧 여성이 맡았지만, 1976년 발레단의 주역 무용수이자 베자르의 연인이었던 조르주 돈이 남성으로서는 처음으로 이 작품의 주인공을 맡게 됩니다. 이를 계기로 〈볼레로〉는 조르주 돈을 20세기 아름다운 남성 발레리노의 대표주자로 만드는 동시에 옴므파탈 발레의 상징이 됐죠.

현재까지도 여러 무용수가 그의 무대를 재현하고 또 도전하고 있지만, 당시 조르주 돈이 몰고 왔던 강렬함은 쉽게 잊히지 않는 것 같습니다. 그의 무대는 여러 영상 매체를 통해 지금도 경험할 수 있어요. 〈볼레로〉를 보면서 남성이 얼마나 관능적이고 아름다울 수 있는지, 또 그 매력이 얼마나 치명적인지 감탄하면서 감상해보세요. 분명 옴므파탈의 매력에 빠지는 시간이 될 겁니다.

The Rite of Spring

〈봄의 제전〉

지금은 맞고 그때는 틀리다

11

＊

동시대의 사람들로부터 인정받지 못했던 예술 작품에 대해 우리는 흔히 '시대를 앞서간' 작품이라 말합니다. 발레에서는 〈봄의 제전〉이 대표적인 경우입니다. 당시 관객들은 가혹하리만큼이 작품을 외면했습니다. 그 덕분에 신이 내린 한 예술가는 암흑속에서 남은 인생을 보내야 했죠. 하지만 이 작품의 혁신적인 시도는 오늘날 현대 예술의 청사진으로 평가됩니다. 우리의 인생만큼이나 예술도 한 치 앞을 모르기는 마찬가지인 듯합니다. 그때는 틀렸지만 지금은 맞고, 또 지금은 맞지만 미래엔 무엇이 정답일지 모르는 것이니까요. 자, 이제 〈봄의 제전〉이 완전히 틀렸다고 여겨지던 때부터 시작해볼게요.

1913년 5월 29일 저녁, 파리의 샹젤리제 극장(Théâtre des Champs Elysées)은 발레 공연을 보러 온 신사숙녀들로 붐볐습니다. 사람들은 당시 파리에서 흥행하던 러시아 발레단인 발레 뤼스의 〈봄의 제전〉을 보기 위해 모인 것이었습니다. 남성들은 말끔한 턱시도로 성장 차림을 했고, 여성들 역시 우아한 이브닝드레스와 화려한 헤어 장식을 뽐냈습니다. 멋쟁이들은 기품 있는 사교계에 들어선 듯 시종일관 품위를 유지했죠. 객석의 불이 꺼지고, 바순의 차분한 선율이 몽환적으로 흐르기 시작했습니다. "딴딴딴딴" 하고 단속적으로 울리는 현악기들의 소리가 더해지면서 무대의 막이 열리자, 관악기들의 날카로운 음색이 갑작스럽게 튀어나옵니다.

당황한 관객들은 동요하기 시작했습니다. 우아하고 고상한 발레를 기대했을 관객들에게 음악이 전해주는 분위기는 괴상했기 때문입니다. 포효에 가까운 악기들의 불규칙한 리듬, 이에 어우러지는 무용수들의 춤은 한마디로 말해 아름다움과 거리가 멀었습니다. 이들의 몸짓은 원시적인 몸부림이었죠. 병든 노인처럼 구부정했고, 발작을 하다시피 발을 굴러댔습니다. 무용수들의 춤은 공포에 떠는 듯 보였고, 오케스트라의 소리는 불쾌한 소음에 불과했습니다. 이들의 분장과 의상도 기괴해 무대는 마치 문명화되지 않은 원주민 마을을 연상케 했습니다.

술렁이던 객석 사이에서 참지 못한 한 사람이 야유를 퍼부었습니다. 그러자 "쉬~잇" 하며 그를 제지하는 사람들도 있었습니다. 몇몇은 고개를 내저으며 극장을 나갔습니다. 이런 추한 공연을 보는 건 자신의 고귀한 예술적 취향과 체면을 깎아 내리는 일이라 생각하면서 말이에요. 객석의 소란은 점점 더 거세졌습니다. 그러나 안무가 니진스키는 공연을 끝까지 할 작정이었습니다. 1막이 끝나고 2막에 접어들자 객석에서는 고함과 욕설이 터져나오고, 관객들 사이에서 분열이 일어나 경찰까지 개입되는 초유의 사태가 벌어졌습니다. 오케스트라의 소음과 객석의 소음이 뒤엉켜 극장은 아수라장이 됐지만, 니진스키는 막 뒤에서 무용수들에게 박자를 재촉하며 공연을 이어나갔습니다. 이 객석과 무대의 난장판은 공연이 끝날 때까지 계속됐다고 해요.

〈봄의 제전〉의 초연은 클래식 공연계에서 전무후무한 대형

스캔들로 기록됩니다. 당시 파리의 신문들은 이날을 '봄의 학살'이라 일컬었습니다. 발레 뤼스의 기획자인 세르게이 디아길레프는 관객의 소동을 마케팅으로 이용해 잠시나마 세간의 관심을 집중시켰지만, 6회 공연을 끝으로 니진스키의 〈봄의 제전〉은 더 이상 공연되지 못했습니다. 그러나 대단히 흥미로운 사실은 오늘날 이 작품이 세기의 걸작으로 평가받고 있다는 점입니다. 작품인 〈봄의 제전〉, 안무가 니진스키, 작곡가 스트라빈스키, 공연 단체인 발레 뤼스는 각 영역에서 혁신의 아이콘이 됐습니다. 사상 초유의 난동을 일으킨 작품이 한 세기가 지난 후 위대한 예술로 평가받는다는 것이 참 아이러니합니다.

니진스키의 〈봄의 제전〉은 어떤 내용이었을까요? 이 작품은 총 2막으로 구성되며 러닝타임은 약 45분 정도입니다. 그리 길지도 짧지도 않은 시간 동안 산처녀를 제물로 바치는 이교도들의 의식을 그리고 있습니다. 1막은 초목과 꽃으로 뒤덮인 대지에 환희가 넘치며, 현인들과 사람들이 봄을 축복하는 춤을 춘다는 내용입니다. 그리고 2막에서는 태양신의 제물로 간택된 한 처녀가 마을 사람들이 지켜보는 가운데 희생됩니다.

〈봄의 제전〉의 아이디어를 내놓았던 사람은 러시아 태생의 작곡가 이고르 스트라빈스키였습니다. 그는 거대하고 충만한 자연의 폭발적인 에너지를 음악으로 표현하고 싶었습니다. 특히 그가 꿈속에서 처녀를 제물로 바치는 희생 의식을 본 후, 원시 시대의 삶과 문화, 그중에서도 이교도 러시아인들의 희생 제의를 음악의 소재로 삼았습니다. 그리하여 꽃이 피어나는 봄의 설렘과 달리, 스트라빈스키의 음악은 야만적이고 원색적인 느낌을 자아냅니다.

이보다 당시 파리의 관객들을 더욱더 화나게 만든 건 무용수들의 추한 모습이었습니다. 이 발레를 안무한 인물은 전설적 발레리노인 니진스키였죠. 발레의 신이라 불릴 정도로 대단한 기교의 소유자였던 그가 이렇게 흉측한 움직임을 안무했다는 점이 충격을 더했습니다. 그러나 니진스키는 이 작품을 통해 전통에서 벗어난 새로운 발레를 제시하고자 했습니다. 이를 위해 니진스키는 기본 자세부터 거꾸로 접근했습니다. 발레의 기본 자세는 허리를 곧추세우고 무릎을 딱 붙인 상태에서 양발을 바깥으로 180도 외전한 턴아웃(turn-out)입니다. 그러나 〈봄의 제전〉의 무용수들은 허리를 숙이고 무릎을 굽히고 발끝을 안으로 모아 턴인(turn-in) 자세를 취합니다. 우아하고 아름답기보다 각지고 부자연스러운 동작의 연속이었죠.

스트라빈스키의 음악과 니진스키의 안무는 확실히 혁신적인 시도였습니다. 특히 니진스키는 〈봄의 제전〉에서 전통과 충돌하는 몸짓과 자세를 제시함으로써 아름다움의 개념을 확장했습니다. 이는 20세기 초 음악·회화·문학 등 다른 예술 장르에서 일어난 모더니즘 운동과 함께 어우러졌습니다. 이렇게 〈봄의 제전〉은 20세기 근대 발레의 시작을 알리고 있었습니다.

현대의 예술가들은 이 작품으로부터 많은 자극을 받았습니다. 이들은 스트라빈스키의 음악을 사용하여 제각기 동일한 제목의 무용 작품, 그러니까 자신만의 〈봄의 제전〉을 만들었어요. '〈봄의 제전〉의 나비효과'라고 불러도 될 만큼 모두 불후의 명작입니다. 대표적으로 세 안무가의 〈봄의 제전〉이 있습니다. 먼저 발레의 혁명가로 불리는 모리스 베자르의 1959년 작품은 무용수들이 살구색 전신 타이츠를 입고, 한층 더 역동적이고 다이내믹한 춤으로 원초적인 인간 본능을 표현했습니다. 또 글렌 테틀리(Glen Tetley)의 1974년 작품은 슬라브 민족의 색채를 벗어던지고 보편적인 인류가 경험하는 봄의 태동을 강조했습니다. 특히 건장한 청년을 제물로 바친다는 역발상적인 해석이 돋보이는 작품입니다. 마지막으로 현대 무용계의 거장인 피나 바우쉬(Pina Bausch)의 작품도 탁월합니다. 1975년에 초연한 바우쉬의 작품은 정치적 코드를 활용해 여성에게 가해지는 남성 권력을 표현한 것이 특징입니다. 검붉은 흙 위로 뒹구는 무용수들의 모습, 그리고 제물이 된 여성이 상반신을 노출하는 과감한 설정으로 두려움과 잔인함을 직관적으로 드러냈습니다.

초연 이후 소실됐던 니진스키의 〈봄의 제전〉은 1987년 미국 조프리 발레단(Joffrey Ballet)에 의해 재공연됐습니다. 무용역사학자 밀리센트 허드슨(Millicent Hodson)이 십 년간의 연구 끝에 복원한 것이었죠. 원작을 복원한 〈봄의 제전〉은 수십 년 전의 혁신을 다시 한번 상기시켜줬습니다. 2005년 BBC에서는 〈봄의 제전〉이 제작될 당시를 바탕으로 〈의식에서의 폭동Riot at the Rite〉이라는 드라마를 제작했습니다. 또 2011년에 개봉한 영화 〈샤넬과 스트라빈스키〉는 도입부에서 이날 벌어진 소동을 사실적으로 재연하기도 했고요. 결과적으로 1913년 샹젤리제 극장에서 벌어졌던 요란스러운 소동은 작품만큼이나 중요한 기념비적인 사건이 됐습니다.

그때는 틀렸지만 지금은 맞는 〈봄의 제전〉. 대담한 역작이자 오늘날에도 여전히 혁신적으로 다가오는 이 발레를 통해 여러분도 백 년 전 그날의 충격을 경험해보길 바랍니다.

The Dying Swan

〈빈사의 백조〉

아름다움에 취해 위로받고 싶을 때

12

*

바쁜 일상에 쫓겨 몸도 마음도 지쳐 있는 사람에게 추천하고 싶은 작품입니다. 발레로 위로를 받을 수 있냐고요? 물론입니다.

이 작품에서는 4분 남짓한 시간 동안 한 마리의 백조가 죽어갑니다. 죽음에 관한 한 편의 서정시 같다고 할까요? 화려한 세트나 복잡한 줄거리 없이 죽어가는 백조의 이미지를 발레로 붓질한 아주 시적인 작품이죠. 발레리나는 보일 듯 말 듯한 작은 스텝인 빠 드 부레 쉬비(pas de bourrée suivi)와 물결처럼 흐르는 뽀르 드 브라로 등장합니다. 첫 장면부터 흐르는 물 위에 유유히 떠 있는 백조를 연상시킵니다. 바닥에 앉은 채 한쪽 다리를 뒤로 뻗고 어깨 뒤로 팔을 펼쳐 깡브레(cambré) 한 포즈는 이 작품의 시그니처와도 같죠. 힘없이 죽어가는 백조의 모습은 아름답고 우아하지만 또 한편으로는 쓸쓸하고 애달픕니다. 차분하게 울려 퍼지는 첼로의 단선율 또한 이 백조의 청아하고 처연한 인상을 증폭시킵니다. 이렇게 〈빈사의 백조〉는 미와 비애감이 응축돼 있는 근사한 작품입니다.

이 걸작을 만든 사람은 러시아 출신의 발레리노이자 안무가였던 미쉘 포킨(Michel Fokine)입니다. 포킨은 19세기 제정 러시아 발레의 전통을 배웠지만, 20세기의 새로운 발레를 이끌어간 신세대 예술가였습니다. 그는 오랫동안 이어져온 고전 발레의 전통에 의문을 가지고 있었습니다. 그에게 발레의 관행들은 지나치게 엄격해 부자연스럽고 우스꽝스러운 것이었죠. 포킨은 그림, 음악, 연극 등 다양한 장르에서 영감을 얻었고, 인습을 타파한 현대적인 예술에서 강한 인상을 받았습니다. 그 결과 포킨에 이르러 발레는 한층 부드럽고 나긋나긋한 예술 장르가 됐습니다. 오늘날 포킨의 발레는 일종의 개혁으로 평가돼요.

그가 1905년에 초연한 〈빈사의 백조〉는 그의 첫 번째 상대 발레리나였던 안나 파블로바(Anna Pavlova)를 위해 만든 작품입니다. 포킨에게 파블로바는 백조의 원형이나 다름없었습니다. 그녀는 길고 가녀린 신체 조건을 가지고 있었고, 그녀의 아우라는 강인하고 요염함보다 연약하고 청순한 것에 가까웠습니다. 그런 그녀를 위해 만든 작품이기에 〈빈사의 백조〉는 복잡하고 다양한 동작 없이 그녀의 표현력만으로도 충분했습니다. 파블로바는 이 작품으로 세계 각국의 순회공연을 했는데요. 그 횟수는 4,000회를 넘을 정도라고 합니다. 이후 그녀가 순회공연 도중 죽어가는 순간까지도 백조 의상을 찾았다는 이야기가 전해지면서 전설적인 인물이 됐죠.

〈빈사의 백조〉의 음악은 카미유 생상스(Camille Saint-Saëns)가 여러 동물을 모티브로 작곡한 14곡의 모음곡 〈동물의 사육제〉 중 13번째 곡인 '백조'입니다. 사실 생상스는 생전에 〈동물의 사육제〉를 출판하는 것을 꺼렸다고 해요. 그 결과 이 모음곡 전체는 1886년에 작곡됐음에도, 36년이 지난 1922년이 돼서야 공개 초연됐습니다. 생상스가 죽고 난 후에야 말입니다. 그러나 모음곡 중 '백조'만 예외였습니다. 바로 〈빈사의 백조〉 덕분이었죠. 포킨과 파블로바의 〈빈사의 백조〉를 보고 무척이나 만족해했을 생상스의 모습이 자연스레 상상됩니다.

시기상 포킨의 초기 작업에 해당되는 〈빈사의 백조〉는 앞으로 전개될 발레 개혁을 예고하는 작품이라 할 수 있습니다. 그도 그럴 것이 이 작품에서 백조를 연기하는 발레리나는 기존의 클래식 발레에서 보던 스타일과는 사뭇 다른 발레를 보여줍니다. 복잡한 테크닉이나 자신의 아름다움을 과시하기 위해 지었던 인위적인 미소를 찾아볼 수 없으니까요. 과하지 않지만 호소력 짙은 표현력을 통해 무대 위의 무용수는 사람이 아닌 한 마리의 백조 그 자체가 됩니다. 이 작품이 지닌 치유의 힘은 바로 여기에 있어요.

우리는 갈라 공연에서 이 발레를 어렵지 않게 만날 수 있습니다. 전막 발레 작품 중 하이라이트만 뽑아서 공연하는 갈라에서 〈빈사의 백조〉가 빠지지 않는다는 것은 이 작품이 얼마나 예술적으로 뛰어난지 다시 한번 짐작하게 만들죠. 그만큼 이 솔로 작품은 화려하고 스펙터클한 그 어떤 작품 못지않게 강렬해요. 이 강렬함은 테크닉보다는 섬세한 표현력에서 시작하고, 발레리나 한 명의 역량으로 좌우되는 것이죠. 〈빈사의 백조〉는 안나 파블로바 이후 오늘날까지 세계 정상급 발레리나에 의해 그 명성을 이어오고 있습니다. 오늘날 〈빈사의 백조〉의 대표격을 말하라면, 개인적으로 러시아 출신의 발레리나인 율리아나 로파트키나(Ulyana Lopatkina)와 스베틀라나 자하로바(Svetlana Zakharova)를 꼽을 수 있어요.

〈빈사의 백조〉를 보며 감동의 눈물을 흘리는 분들이 꽤 많습니다. 저를 포함해서요. 이 순수한 아름다움이 주는 감동의 정체를 글로 표현하자면, 현실 세계를 벗어나 높은 경지에서 느끼는 숭고미와 같다고 할까요? 순백색의 튀튀로 표상되는 백조가 그렇고, 고도로 훈련된 발레리나의 움직임이 그러합니다.

죽어가는 백조의 시적인 이미지는 언젠가는 죽게 마련인 살아 있는 모든 것의 운명을 그립니다. 하지만 우리에게 더욱더 와닿는 건 아마 삶에 대한 간절한 마음이지 않을까 싶어요. 이렇게 한 마리 백조의 날갯짓을 통해 발레의 아름다움에 흠뻑 취해보는 일. 마치 장엄한 자연 풍경으로 마음을 위로받고 정화하는 것만큼 신비할 거예요.

Pas de Quatre

〈빠드꺄트르〉

스타 발레리나들의 우아한 경쟁

13

＊

불어로 '네 명의 춤'을 의미하는 빠드꺄트르의 제목에서 알 수 있듯이, 이 작품에는 네 명의 발레리나가 등장합니다. 〈라 실피드〉에서 실피드 스타일을 대유행시킨 마리 탈리오니, 〈지젤〉로 탈리오니의 강력한 라이벌로 부상한 카를로타 그리지(Carlotta Grisi), 그리고 떠오르는 샛별인 루실 그란(Lucile Grahn)과 파니 체리토(Fanny Cerrito)가 그 주인공이죠.

이들은 모두 낭만 발레가 유행하던 시절 최고의 인기를 누리던 발레리나들이었습니다. 오늘날로 따지면 여러 걸그룹에서 가장 인기 있는 스타들이 따로 모여 새로운 유닛 활동을 하는 것과 비슷하지 않을까요? 이렇게 스타 발레리나들을 한자리에 모은 기획 자체로 엄청난 화제를 불러일으킨 작품! 발레 팬들을 열광의 도가니로 이끌었던 〈빠드꺄트르〉를 만나보시죠.

기라성 같은 네 명의 슈퍼 발레리나들을 한데 모아놓았다는 것만큼 발레 팬들의 가슴을 설레게 할 이벤트는 없을 것 같습니다. 그러나 이 획기적인 작품이 처음 기획될 당시에 많은 사람은 공연이 불가능할 것이라며 고개를 저었습니다. 이들은 모두 대스타 반열에 오른 발레리나들이었기 때문입니다. 그러나 〈지젤〉의 대성공으로 안무가로서 잔뼈가 굵은 쥘 페로(Jules Perrot)는 이를 해냈습니다. 물론 순탄치만은 않았어요. 실제로 페로는 당시 청순가련형의 탈리오니와 라이벌 구도를 형성하던 파니 엘슬러 (Fanny Elssler)를 이 작품에 출연시키고자 했으나, 콧대 높은 엘슬러가 단호하게 거부했죠. 차선책으로 훨씬 더 어린 발레리나였던 루실 그란이 이 자리를 대체함으로써 비로소 '탈리오니와 아이들'이 형성됐다고 합니다.

과연 콧대 높은 발레리나가 엘슬러뿐이었겠습니까. 네 명의 발레리나들은 서로 다른 매력으로 두터운 팬층을 확보하고 있었기에 자존심이 하늘을 찌를 듯이 높았답니다. 이들이 각기 바쁜 스케줄을 맞춰 연습하는 것도 힘들었고, 춤을 추는 순서나 위치에서도 치열한 신경전을 펼쳤죠. 안무가 입장에서는 살얼음판을 걷는 상황과 다를 바 없었을 겁니다. 하지만 현명한 페로는 묘수를 둡니다.

바로 무용수들을 나이순으로 배치한 것이었죠. 이러한 연출은 모두를 만족시켰습니다. 당시 마리 탈리오니는 41세로 가장 연장자였고, 나머지 세 명은 이십 대였습니다. 이들은 서로 관록과 젊음의 아름다움을 경쟁적으로 뽐냈습니다. 바로 〈빠드꺄트르〉에서 말이죠. 작품은 세 명의 발레리나들이 탈리오니를 여왕처럼 모시며 그녀에게 예를 갖추는 분위기가 전체적으로 연출됩니다. 춤의 시작과 끝에 탈리오니에게 정중히 인사를 하는 식으로요. 이러한 연출은 탈리오니의 의상만 봐도 알 수 있어요. 진주로 된 귀걸이, 목걸이, 그리고 팔찌까지 두른 유일한 발레리나가 바로 탈리오니이니까요.

〈빠드꺄트르〉는 스토리가 없는 작품입니다. 굳이 스토리가 필요 없었다는 게 더 맞는 표현 같아요. 작품은 20분 남짓한 시간 동안 네 명의 발레리나가 펼치는 다양한 춤으로 구성돼 있습니다. 네 명이 함께 추는 개시 부분에 이어 그리지, 그란, 체리토, 탈리오니 순으로 개성 있는 솔로가 진행됩니다. 이후 네 명의 솔로가 모두 끝나면 다시 다 함께 추는 코다로 피날레를 장식해요. 이제 각자의 개성을 만끽할 수 있는 발레리나들의 솔로 춤을 차례대로 들여다볼게요.

우선 그리지와 그란은 나이순(당시 26세)으로 막내이자 동갑내기였습니다. 이 둘의 춤에서는 서로 대비되는 매력을 느낄 수 있어요. 첫 번째 솔로인 그리지의 춤은 다양한 점프 동작으로 이루어져 있습니다. 샤쎄(chassé)와 그랑 아쌍블레(grand assemblé)로 큰 원을 그리는 중반부를 지나, 솔로 말미에는 앙트르샤(entrechat)를 쉬지 않고 서른 번 가까이 하죠. 앙트르샤는 공중에서 발을 앞뒤로 교차하는 테크닉으로, 얼마나 가볍고 재빠르게 수행하느냐가 관건이라 할 수 있어요. 반면 그란의 춤은 그리지에 비해 템포가 느리고 작은 보폭의 점프인 브리제(brisé)가 많이 등장합니다. 시원시원한 그리지의 스텝에 비해 그란의 춤은 바람에 꽃잎이 살랑살랑 흩날리듯 아리따운 자태를 보이는 것이 특징입니다.

다음으로 그리지와 그란에 비해 두 살 많은 체리토가 세 번째 순서로 등장합니다. 그녀의 솔로는 경쾌한 왈츠 박자에 쥬떼 앙 뚜르낭(jeté en tournant)을 핵심 동작으로 합니다. 이 동작은 도약에 회전을 겸한 것으로, 가장 화려하고 큰 스텝 중 하나죠. 다리를 위로 던지며 높이 뛰기 때문에 발목까지 내려오는 핑크빛 로맨틱 튀튀가 공중에 흩뿌려집니다. 그리지와 그란이 어린 여성의 발랄함과 애교를 보여주었다면, 체리토의 춤에는 성숙미가 있어요.

마지막으로 탈리오니의 솔로는 낭만 발레의 여왕답게 가장 다양한 기교가 삽입돼 있습니다. 음악도 장엄한 편이라, 원숙미를 느낄 수 있어요. 당시 탈리오니는 하루 평균 6시간씩 연습을 했고, 포즈마다 100까지 세면서 유지할 정도로 고강도 훈련을 했다고 합니다. 또 타고난 카리스마는 그녀를 유일무이한 댄서로 만들었죠. 이 솔로 춤을 통해 밸런스면 밸런스대로, 또 점프면 점프대로 그녀의 기량을 마음껏 뽐냈을 겁니다.

이렇게 발레리나들이 자신의 매력과 기량을 뽐냈던 〈빠드 꺄트르〉는 1845년 7월 12일 런던에서 초연됐습니다. 오리지널 캐스팅으로는 총 네 번 공연됐죠. 이 중 세 번째 공연이었던 7월 17일에는 빅토리아 여왕과 앨버트 왕자가 참석했다는 기록으로 보아, 이 작품의 뜨거운 인기를 짐작해볼 수 있습니다. 탈리오니가 직접 출연한 〈빠드꺄트르〉는 네 번의 공연으로 끝이 났지만, 이 레퍼토리는 오늘날까지 살아남았습니다. 그리고 수많은 탈리오니와 아이들을 탄생시켰죠.

탈리오니를 필두로 최고의 발레 스타들이 한 무대에 섰던 〈빠드꺄트르〉. 다양한 개성을 살리는 솔로는 보는 재미를 더합니다. 좋아하는 발레리나 네 명을 순서대로 꼽아 작품에 대입해보는 상상력 또한 자극하죠. 〈빠드꺄트르〉를 감상할 기회가 생긴다면, 무대 위 무용수들의 보이지 않는 우아한 경쟁을 상상해보세요. 분명 감상의 재미를 더해줄 거예요.

Serenade

〈세레나데〉

순수한 감정을 불러일으키는
추상회화처럼

14

*

색면화가로 유명한 마크 로스코(Mark Rothko)는 인간의 다양한 감정을 표현하기 위해 풍부한 색채를 사용했습니다. 그의 의도대로 직사각형의 커다란 캔버스에 꽉 채워진 모호한 색면과 불분명한 경계선은 보는 이로 하여금 자신의 내면에 일어난 다양한 감정과 마주하게 만듭니다. 같은 파란색이어도 누군가에겐 삶과 운명일 수도 있으며, 누군가에겐 외로움일 수도 있죠.

발레에도 로스코의 색채추상을 연상시키는 작품이 있습니다. 바로 조지 발란신의 1935년도 작품인 〈세레나데〉입니다. 이 역시 로스코의 그림처럼 재현적인 요소를 모두 제거한 추상 발레입니다. 발란신은 이 작품을 '달빛 아래서의 춤'이라고 표현했습니다. 그래서일까요? 푸른빛이 감도는 긴 로맨틱 튀튀는 달빛에 흠뻑 젖은 듯 보이고, 무용수들은 우수에 차 있다가 황홀경에 빠져 보이기도 합니다. 무대 위로 아른거리는 무용수들의 움직임이 여러 가지 인상을 자아내요.

발란신은 발레가 흥미롭고 복잡한 줄거리 없이 단순히 아름다운 스타일을 보여주는 것만으로도 충분하다고 생각했습니다. 그 결과 전통적인 발레가 전달하던 극적 줄거리를 없애고 오로지 무용수의 신체와 움직임으로 충족된 추상 발레를 만들었습니다. 〈세레나데〉는 그의 초기 작업이자 대표적인 추상 발레예요.

몸짓만으로 많은 것을 전달하는 발레. 이것이 더 예술적으로 다가오는 것은 음악과 완벽한 조화를 이루기 때문입니다. 이 것이 바로 발란신을 '안무의 모차르트'라고 부르는 이유이기도 해요. 실제로 발란신은 당시 잘 알려진 작곡가였던 아버지의 영향으로 다섯 살부터 피아노를 배웠습니다. 형은 피아노 연주자이자 작곡가였고, 누이는 바이올린을 연주했을 정도로 음악적 분위기가 가득한 집안에서 성장했습니다. 게다가 발란신은 마린스키 발레단에서 근무하던 시절, 페트로그라드 음악원(Petrograd Conservatory)에 들어가 3년간 피아노와 음악이론, 대위법과 작곡을 공부했습니다. 최고의 음악성을 겸비한 안무가의 자질을 꾸준히 갈고 닦은 셈이죠.

발란신의 탁월한 음악적 해석력은 〈세레나데〉에서 유감없이 발휘됐습니다. 악보의 음표가 발레리나들의 신체로 살아 움직이는 것처럼 보일 정도로요. 발레로 형상화된 이 음악은 차이콥스키의 〈현을 위한 세레나데〉입니다. 감미로운 선율이 사랑스러운 이 음악은 차이콥스키 자신이 아끼고 자랑스러워했을 만큼 고전적인 아름다움으로 넘쳐납니다. '세레나데'라는 고전파 명칭에서부터 생전에 모차르트를 흠모했던 차이콥스키의 음악세계도 엿볼 수 있고요. 이렇게 차이콥스키가 모차르트를 존경했듯이, 발란신은 차이콥스키의 음악을 매우 사랑했습니다. 발란신은 고전 발레를 새롭게 해석한 인물이지만, 그의 예술적 영감은 언제나 자신의 고국인 러시아로부터 온 것이었습니다. 차이콥스키의 음악이나 마리우스 프티파가 남겨놓은 고전적인 발레 기법으로부터요.

〈세레나데〉는 차이콥스키의 전곡을 모두 사용하고 있지만, 발란신이 원곡의 마지막 두 악장의 순서를 바꿔 소나타, 왈츠, 러시아 주제, 엘레지 순으로 진행됩니다. 각각의 분위기를 함께 살펴보도록 해요.

1장에서는 하모니가 매력적인 '소나티나'에 맞춰 서정적인 분위기와 화려한 군무가 주를 이룹니다. 2장의 '왈츠'는 밝고 경쾌한 느낌이며, 가볍고 불규칙한 패턴의 춤에는 위트가 넘치죠. 이어지는 3장에서는 빠르고 강렬한 '러시아 주제' 음악에 따라 한층 강조된 다이내믹을 보여줍니다. 마지막 4장에서는 '엘레지'의 쓸쓸하고 슬픈 분위기에 맞춰 한 명의 남성과 두 명의 여성이 추는 애절한 빠드트로와가 주를 이룹니다.

이렇게 〈세레나데〉는 낭만파의 서정적인 음악을 충실히 표현한 발레이지만, 움직임에 있어서는 현대적인 감성이 두드러집니다. 고전적인 분위기와 함께 현대적인 조형미가 절묘하게 조화를 이루고 있는 것이죠. 이를 하나씩 살펴보면, 기본적으로 발란신의 발레는 엄격한 고전 발레의 스텝을 수용하면서도 동작을 변형시켜 움직임의 어휘를 확장한 것이 특징입니다. 변형된 동작들은 압축돼 굉장히 빠른 속도감을 가져요. 또 무용수들이 움직이는 동안 기하학적인 대형이 쉴 새 없이 나타났다 사라지기를 반복합니다. 무용수들의 신체가 서로 엮이거나 중첩되면서 이전까지는 볼 수 없었던 새로운 이미지들을 펼쳐내는 것도 발란신의 업적이라 할 수 있죠. 즉, 안무적 측면에서 〈세레나데〉의 감상 포인트는 고전적인 스텝들의 변형과 압축, 기하학적인 대형과 중첩된 신체로 만드는 이미지들의 향연으로 정리됩니다.

발란신의 추상 발레는 순간적으로 나타났다 사라지는 신기루 같습니다. 그래서 포착하기 어렵지만, 관객은 순간적인 인상과 분위기를 통해 폭넓은 감정에 사로잡히죠. "발레를 독립적인 예술로 끌어올렸다"라는 당시 미국 평론가의 말처럼, 발란신의 추상 발레 작품은 줄거리나 장식, 팬터마임이나 연기 없이도 충분히 풍요로운 예술적 경험을 선사합니다. 마치 색채가 대상이나 데생으로부터 독립한 것처럼요.

〈세레나데〉를 보는 동안 여러분의 내면에서 일렁이는 감정의 물결을 고스란히 느껴보세요. 마치 잠 못 이루는 밤에 떠올리는 수만 가지의 생각이 반짝이는 별이 돼 밤하늘을 수놓듯 낭만적인 순간이 될 겁니다.

Schéhérazade

〈세헤라자데〉

이국적 현란함의 끝판왕

15

＊

《천일야화*One Thousand and One nights*》라고 들어보셨나요? 이는
고대 나라 중 하나인 페르시아의 설화들을 한데 모은 이야기집
입니다. 우리에게 익숙한 〈알라딘의 요술램프〉나 〈알리바바와
40인의 도둑〉 같은 이야기들이 포함돼 있습니다. 18세기에 최초
의 영문판이 등장했을 당시 《아라비안 나이트*Arabian Nights*》라
는 제목으로 번안되기도 했습니다. 여기서 세헤라자데는 《천일
야화》에 등장하는 지혜로운 여인의 이름이에요. 이번에 만나볼
발레 〈세헤라자데〉는 이 책의 이야기로 시작해볼게요.

옛날 옛적, 착하고 지혜로운 왕 샤리야르(Shahryar)가 있었습
니다. 그러나 이 왕은 왕비가 외도하는 광경을 목격한 이후 여자
에게 증오를 품게 됩니다. 급기야 매일 밤 다른 여자들을 왕비로
맞이한 후 하룻밤을 보내고 이들을 모두 죽이는 극악무도한 왕
이 돼버렸죠. 궁 안의 모든 사람은 왕의 난폭함과 잔인함을 두
려워했습니다. 그러던 어느 날, 재상의 딸인 세헤라자데가 샤리
야르 왕과의 혼인을 자청합니다. 사람들은 그녀의 선택에 의아
해했어요. 하지만 아름답고 현명한 세헤라자데에게는 진정한
사랑이 잔악한 왕을 변화시킬 수 있다는 믿음이 있었습니다. 이
렇게 왕비가 된 그녀는 왕에게 날마다 흥미로운 이야기를 들려
주며 하루하루를 무사히 보내게 됩니다. 그리고 그녀의 이야기

가 천일 밤 동안 이어지는 가운데, 결국 샤리야르의 화는 그녀에 대한 사랑으로 변모합니다. 결국 《천일야화》는 지혜로운 여인 세헤라자데로 인해 행복한 결말을 맺습니다.

《천일야화》에는 세헤라자데가 천일 밤 동안 왕에게 들려준 수백 개의 이야기가 액자식으로 구성돼 있습니다. 이 책은 이후 다양한 장르에 영감을 주었습니다. 그중 러시아 태생의 작곡가인 림스키 코르사코프가 창작한 교향시 〈세헤라자데〉가 있습니다. 1888년에 발표된 이 음악은 《천일야화》의 줄거리를 4악장에 걸쳐 묘사하고 있습니다. 악장마다 '바다와 신밧드의 배', '칼란다 왕자의 이야기', '젊은 왕자와 공주', '바그다드의 축제, 바다, 난파, 종결'이라는 제목이 붙어 있습니다.

발레 〈세헤라자데〉는 코르사코프의 음악을 사용하면서도 기존의 스토리를 담아내고 있지 않습니다. 샤리야르 왕이 잔악해진 바로 그 사건, 그러니까 그의 왕비인 조바이데(Zobeide)가 외도를 하고 죽기까지의 이야기를 다루고 있죠. 즉, 발레 〈세헤라자데〉는 내용상 새로 창작된 《천일야화》의 프롤로그라 할 수 있습니다. 비록 원작과 왕비의 이름은 다르지만요. 또 코르사코프 곡의 1, 2, 4악장만 따로 발췌돼 사용된 것이 특징입니다.

본격적으로 발레 〈세헤라자데〉를 살펴보도록 할게요. 이 작품은 40분 정도의 단막 형태입니다. 첫 장면은 막이 내려진 채 코르사코프의 〈세헤라자데〉 1악장이 연주되는 부분입니다. 약 10분간 연주되는 음악은 바다와 배라는 주제에 따라 파도의 음형과 흔들리는 배를 연상시킵니다. 또 강한 샤리야르 왕과 부드러운 세헤라자데의 주제가 대조를 이루고 있죠. 특유의 색깔과

냄새를 떠올리게 하는 공감각적인 음악은 앞으로 펼쳐질 무대를 예고합니다.

막이 오르면 가장 먼저 무대를 가득 채운 페르시아풍의 강렬한 색채가 눈을 사로잡습니다. 그 가운데 샤리야르 왕과 그의 비호를 받는 조바이데의 모습이 보입니다. 궁의 첩인 오달리스크(Odalisques)들의 춤은 고대 국가의 신비로움을 그대로 드러내죠. 이후 샤리야르 왕과 그의 동생인 샤 제망(Shah Zeman)이 궁을 잠시 비우자, 첩들은 내시 우두머리를 뇌물로 매수해 남자 노예들이 갇혀 있는 3개의 문 중 2개의 문을 엽니다. 노예들이 나와 첩들과 쾌락을 즐기는 사이, 조바이데도 마지막 문을 열어 자신의 노예를 불러들입니다.

이어지는 장면은 이 작품의 하이라이트라 할 수 있는 조바이데와 노예의 빠드두입니다. 화려하게 장식된 의상을 입은 이 노예는 조바이데를 뜨겁게 끌어안고, 그녀의 몸을 은밀하게 어루만집니다. 바이올린의 단선율이 조바이데의 관능적이고 매혹적인 이미지와 어우러지는 한편, 금관 악기의 힘찬 음색은 욕정에 타오르는 노예의 열정적인 춤을 한껏 살려줍니다. 흥분에 찬 빠드두로 광란의 분위기가 절정에 다다르는 바로 그 순간, 샤리아르 왕이 들이닥칩니다. 왕비의 외도에 이성을 잃은 왕은 궁 안에 있던 첩들과 노예를 모두 가차 없이 처형하죠. 살려달라고 애원하던 조바이데마저도 희망이 없음을 깨닫고 스스로 목숨을 끊습니다.

〈세헤라자데〉는 이렇게 집단 학살로 마무리되는 호색적인 발레입니다. 어떠세요? 혹시 선정적인 분위기와 섬뜩한 줄거리로 눈살을 찌푸리지는 않으셨나요? 하지만 이 발레가 파리 오페라 극장에서 초연된 1910년 6월 4일은 프랑스 예술계 전체에 걸쳐 획기적인 날로 기록됩니다. 우선 페르시아풍을 충실히 표현해낸 미셸 포킨의 새로운 춤 스타일이 그 이유였습니다. 그의 안무는 전통적인 발레의 정형화된 형식을 전혀 찾아볼 수 없을 정도로 굉장히 현대적이었습니다. 발레리나들은 포인트 슈즈를 신지 않았으며, 인위적인 턴 아웃을 하지 않았습니다. 몸을 뒤틀어 골반을 강조한 움직임과 배배 꼬인 뽀르 드 브라는 〈세헤라자데〉에서만 볼 수 있는 완전히 새로운 것이었죠.

또 초연 당시 조바이데의 노예역을 맡은 바슬라프 니진스키는 큰 주목을 받았습니다. 천재적인 재능을 타고난 니진스키는 타의 추종을 불허하는 경이로운 도약 실력을 겸비해 '발레의 신'이라 불리는 인물이었습니다. 〈세헤라자데〉의 진정한 매력은 니진스키에게 있었던 거죠. 이국적인 용모를 가진 그는 노예역을 통해 현란한 테크닉은 물론, 과감하면서도 섬세한 표현력으로 에로티시즘의 극치를 선보였습니다.

무엇보다 〈세헤라자데〉에서 볼 수 있는 형형색색의 눈부신 무대 세트와 장식 그리고 소품과 의상이 압권이었습니다. 파리의 패션, 인테리어, 보석 디자인계가 들썩일 정도였다고 합니다. 이 발레에 참여한 디자이너는 러시아 출신인 레옹 박스트(Léon Bakst)였습니다. 남녀 무용수들이 착용한 페르시아풍의 바지 의상은 물론이거니와 이 작품에 사용된 쿠션, 양탄자, 커튼 등이 의상계와 실내 장식계에서 즉각적이고, 또 대대적으로 유행했다고 합니다. 이 무대를 가득 메운 오렌지색과 에메랄드색의 거친 조화는 박스트가 최초로 선보인 조합으로 평가됩니다.

대담한 색채와 파격적인 안무로 20세기 유럽의 관객들을 사로잡은 발레 〈세헤라자데〉. 현재까지도 페르시아라는 이국적인 문화를 이토록 선명하고 강렬하게 표현한 예술은 이 작품이 단연 일등일 겁니다.

Spartacus

〈스파르타쿠스〉

노예 검투사의 처절한 싸움,
그는 무엇을 위해 싸웠는가?

16

＊

"우리는 4년 동안 로마와 싸웠습니다. 우리는 결코 도망치지 않았습니다. 우리는 오늘 전쟁터에서도 도망치지 않을 것입니다. … 나는 형제들 옆에 서서 싸울 것입니다."

- 하워드 패스트(Howard Fast), 《스파르타쿠스》, 미래인, p.405

기원전 70년경 로마 군대에 대항한 반란군의 이야기를 담은 하워드 패스트의 소설 《스파르타쿠스》. 노예 검투사인 스파르타쿠스가 일으킨 반란은 결국 패했지만, 6천여 명의 노예들이 죽음을 선택하며 부르짖던 저항과 자유는 노예 사회라는 로마 문명의 이면을 드러냈습니다. 실존 인물을 다룬 이 문학 작품은 1960년, 스탠릭 큐브릭(Stanley Kubrick) 감독에 의해 영화화되면서 과거 로마 사회의 모습을 사실적으로 재현해냈죠.

자유를 향해 처절한 전투를 벌여야 했던 노예들의 이야기가 발레와 만난다면 어떤 무대가 될까요? 아람 하차투리안(Aram Khachaturian)의 음악을 바탕으로 한 발레 〈스파르타쿠스〉는 이전까지 대부분의 스포트라이트를 발레리나에게 양보했던 남성 무용수가 부각된 작품입니다. '발레리노의, 발레리노에 의한, 발레리노를 위한 발레'라고 표현해도 될 만큼 발레가 여성을 위한 춤이라는 기존 전통과 관념을 탈피하죠. 남성 무용수들이 뿜어

내는 에너지와 역동적인 움직임이 웅장한 스케일과 만나 관객을 압도합니다. 이처럼 남성들의 영웅적 카리스마와 강인함으로 똘똘 뭉친 〈스파르타쿠스〉는 가녀리고 우아함을 강조한 다른 발레들과 확연히 구분되며 현재까지도 독보적인 위치를 차지하고 있어요.

발레 〈스파르타쿠스〉를 이야기할 때 아무리 강조해도 지나치지 않은 인물이 있습니다. 바로 유리 그리고로비치(Yuri Grigorovich)입니다. 그는 1962년 볼쇼이 발레단의 마스터로 취임한 이후, 1964년부터 31년간 예술 감독으로 활약해 볼쇼이 발레단을 세계 최고로 만든 존재라고 할 수 있습니다. 특히 〈스파르타쿠스〉는 1956년 레오니드 야콥슨(Leonid Yakobson)에 의해 마린스키 발레단에서 초연된 바 있지만, 성공을 거두지 못한 작품이었습니다. 실패작을 재안무한다는 위험성에도 불구하고, 1968년에 초연한 그리고로비치의 〈스파르타쿠스〉는 구소련 발레의 정점을 찍으며 오늘날까지 볼쇼이 발레단을 대표하는 간판 작품이 됐습니다.

그리고로비치의 〈스파르타쿠스〉가 성공한 요인을 몇 가지 짚어보자면, 주인공 간의 갈등 관계를 명확하게 대비시켰다는 점입니다. 또 발레에서는 최초로 시도되는 주인공들의 '독백' 장면도 볼 수 있습니다. 독백이란, 줄거리가 전개되는 중간중간에 주인공들의 심정이 표현되는 솔로를 의미합니다. 그리고 3막으로 이루어진 이 작품은 각 막마다 동일하게 4장으로 구성되어 있으며, 이전 장에서 다음 장으로 전환될 때마다 주인공의 독백이 삽입돼 있습니다. 이러한 규칙적인 구조는 주제를 다채롭게 꾸며줄 뿐만 아니라, 줄거리의 전개에 논리와 안정감을 부여한다는 점에서 주목할 만합니다.

주요 등장인물로는 반란군의 수령인 스파르타쿠스, 그의 연인인 프리기아(Phrygia), 로마 군대를 이끄는 크라수스(Crassus) 그리고 그의 애첩인 아이기나(Aegina)입니다. 네 명의 주인공은 동등하게 강조되면서도 각기 다른 색깔로 다이내믹한 장면을 펼쳐냅니다. 영웅적인 스파르타쿠스와 카리스마 넘치는 크라수스가 대비되는 한편, 애절함으로 서정미가 강조되는 프리기아와 권력을 향한 야망을 표출하는 아이기나는 또 다른 대척점을 이룹니다. 네 명의 주인공은 이 작품을 이끌어나가는 동력이라 할 수 있어요. 줄거리를 따라가볼게요.

1막은 로마 군단의 장군인 크라수스가 트라키아를 정복하고 돌아오는 것으로 시작하여, 뒤이어 포로로 잡혀온 스파르타쿠스와 프리기아가 등장합니다('자유를 염원하는 노예 스파르타쿠스의 독백'). 포로들은 로마의 귀족들에게 노예로 팔려가게 되고, 스파르타쿠스와 프리기아는 이별합니다('슬픔에 사무친 프리기아의 독백'). 크라수스가 프리기아에게 흑심을 품는 사이, 스파르타쿠스가 동료와 함께 등장합니다. 둘은 귀족들의 구경거리로서 한 명이 죽을 때까지 싸워야 하죠. 이로 인해 어쩔 수 없이 살인자가 된 스파르타쿠스는 분노해 자유를 향해 싸울 것을 다짐합니다('복수심에 불타는 스파르타쿠스의 독백'). 이윽고 막사로 돌아온 스파르타쿠스가 동료들을 설득하고, 검투사들은 스파르타쿠스와 함께 반란을 준비합니다.

2막입니다. 막사를 탈출한 검투사들이 목동들과 힘을 합해 세력을 키우고, 그 가운데 스파르타쿠스가 지도자로 추대됩니다('프리기아를 걱정하는 스파르타쿠스의 독백'). 크라수스의 저택으로 잠입한 스파르타쿠스는 프리기아와 재회합니다. 그 행복도 잠시, 크라수스의 애첩인 아이기나가 나타나 곧바로 몸을 숨깁니다('권력을 열망하는 아이기나의 독백'). 한편 크라수스의 승리를 축하하는 연회가 저택에서 벌어집니다. 그러나 스파르타쿠스의 반란군이 저택을 포위했다는 소식이 전해지자 연회장은 혼란에 빠지죠. 크라수스와 아이기나가 도망간 사이 스파르타쿠스가 등장합니다('승리를 확신하는 스파르타쿠스의 독백'). 검투사들에게 붙잡혀온 크라수스에게 스파르타쿠스는 정정당당히 싸울 것을 제안합니다. 이 싸움은 스파르타쿠스의 승리로 끝나지만, 그는 무자비한 로마인들과 똑같은 인간이 되고 싶지 않다는 생각에 크라수스를 죽이지 않고 돌려보냅니다.

3막이 시작되면, 스파르타쿠스에게 크나큰 굴욕감을 느낀 크라수스가 등장합니다. 그는 아이기나의 위로를 받으며 잔인한 복수를 계획합니다('크라수스의 복수를 돕기 위해 음모를 꾸미는 아이기나의 독백'). 스파르타쿠스와 프리기아는 행복에 가득 찬 시간을 보내고 있습니다. 이때 크라수스의 군대가 접근해오고 있다는 소식을 듣고, 스파르타쿠스는 다시 한번 목숨을 건 전투를 준비합니다('비극적 결말을 예감하나 죽을 각오로 싸울 결의에 찬 스파르타쿠스의 독백'). 반란군의 진영으로 잠입한 아이기나는 술과 여자로 스파르타쿠스의 검투사들을 현혹합니다. 이 틈을 타 크라수스는 이들을 모조리 처형하고 아이기나의 공훈을 인정합니다('모욕감에 불타 복수의 칼을 가는 크라수스의 독백'). 내분으로 인해 불리한 상황에 놓인 스파르타쿠스의 군대는 결국 로마군에 포위당합니다. 스파르타쿠스는 병사들이 죽어나가는 상황에서도 끝까지 싸우지만 끝끝내 창에 찔려 전사하죠('슬픔과 비통에 잠긴 프리기아의 독백'). 비록 목숨을 잃었지만, 자유를 향한 그의 의지와 영웅적 면모가 긴 여운을 남기며 막을 내립니다.

〈파리의 불꽃〉이 볼셰비키 혁명의 정당성을 부여했던 것처럼, 〈스파르타쿠스〉의 탄생에도 철저히 정치적인 배경이 깔려 있습니다. 이 발레는 혁명 50주년에 맞추어 기획 및 제작된 작품이기 때문입니다. 따라서 그리고로비치의 〈스파르타쿠스〉가 초연된 1968년 당시, 러시아는 이 발레를 소비에트의 이념을 반영한 것으로 받아들였습니다. 크라수스로 대변되는 로마 군대와 스파르타쿠스를 중심으로 한 반란군의 대립은 각각 자본주의와 이에 항거하는 민중들을 대변했죠. 이 시대에 스파르타쿠스의 저항은 문명과 서구를 향한 것이었습니다.

사실 스탈린(Joseph Stalin)의 사망 후 소비에트 연방의 새로운 지도자가 된 흐루쇼프(Nikita Khrushchov)는 1956년 문화와 예술의 '해빙'을 연설한 바 있습니다. 그가 스탈린 체제의 억압성을 수정하려 했던 만큼, 예술의 창작에서도 현대화의 조짐이 보이는 듯했습니다. 하지만 같은 해 선보인 야콥슨의 〈스파르타쿠스〉는 당에 대한 저항으로 인식됐습니다. 포인트 슈즈를 벗어 던진 발레리나의 관능적인 모습과 예측불허의 자유로운 춤 형식이 그 이유였어요. 이에 그리고로비치는 전위적인 실험은 자제하되 소련 발레의 개혁을 시도했습니다. 고전 발레의 움직임은 유지하면서 부자연스러운 팬터마임을 정돈하는 방식이었죠. 또 가능한 한 모든 장면을 춤으로 표현해 몸으로 전달하는 드라마와 이미지의 힘을 극대화했습니다. 긴장감과 속도감이 백미를 이루는 전투 장면이 대표적인 예입니다.

강력한 흡입력을 지닌 그리고로비치의 발레 개혁은 비단 소련의 찬사만 받은 것이 아니었습니다. 〈스파르타쿠스〉가 영국 런던에서 공연됐을 때, 〈타임〉은 이 발레의 웅장함과 역동성 그리고 질서와 음악적 결합의 탁월함을 열렬히 피력했습니다. 이렇게 철저히 소비에트의 이념을 담은 발레가 서방 세계에서 성공했다는 것은 참으로 아이러니합니다. 같은 것을 다르게 보는 상황이니까요. 그러나 훌륭한 예술은 정치적 다름을 초월하는 법이니, 여기서 우리는 그리고로비치의 천재성을 엿볼 수 있습니다. 그의 〈스파르타쿠스〉가 2001년 국립 발레단의 초연 이후 정식 레퍼토리로 자리 잡아 국내 관객들에게 꾸준한 사랑을 받고 있다는 점도 언급하지 않을 수 없네요.

정치적 이념을 뛰어넘어 탁월한 예술성을 인정받은 〈스파르타쿠스〉. 이는 시대와 체제를 막론한 보편적 가치, 즉 '억압과 투쟁'이라는 주제가 예술적으로 승화됐기 때문에 가능한 일일 겁니다. 자유를 향한 처절한 싸움은 언제 어디서나, 또 누구에게나 적용될 수 있으니까요.

Cinderella

〈신데렐라〉

발레계의 신데렐라가 만든 신데렐라

17

＊

"신데렐라는 어려서 부모님을 잃고요~, 계모와 언니들에게 구박을 받았더래요~, 샤바샤바 아이 샤바 얼마나 울었을까~♪"

어렸을 적 신나게 부르던 이 노래를 기억하시나요? 기이한 후렴구가 웃음을 자아내는 이 노래 속 이야기는 우리에게 너무나 친숙한 동화 신데렐라입니다. 언제부터 불렀는지는 알 수 없지만 21세기 유치원생들도 부른다고 하니, 이 노래의 유명세는 굳이 말할 필요가 없을 것 같네요.

이번에는 이 동화를 줄거리로 한 발레 작품을 소개해드리려고 합니다. 17세기 샤를 페로(Charles Perrault)의 동화를 대본으로 한 발레 〈신데렐라〉의 기원은 지금으로부터 이백여 년 전으로 거슬러 올라갑니다. 하지만 1800년대 초반 유럽에서 공연된 작품이나 1893년 러시아 마린스키 극장에서 공연된 것은 큰 주목을 받지 못했습니다. 그리고 약 오십 년 후 1945년 러시아 볼쇼이 극장에서 초연된 작품이 원전으로 기록되고 있죠.

유독 1945년의 〈신데렐라〉가 주목받는 이유는 무엇이었을까요? 사실 발레는 안무, 연출, 무대 디자인 그리고 음악 등 다양한 장르가 함께 만들어내는 종합예술이기에 성공 요인을 하나로 딱 집어내기란 힘듭니다. 하지만, 1945년 작품에서 사용된 음악이 발레 〈신데렐라〉 역사의 분수령이 된 것만은 분명해요.

발레 〈신데렐라〉 역사의 출발점이 된 이 음악은 세르게이 프로코피예프가 작곡했습니다. 그는 러시아를 대표하는 작곡가 중 하나로, 발레 〈로미오와 줄리엣〉의 음악도 작곡했죠. 실제로 프로코피예프가 〈신데렐라〉를 작곡하게 된 계기 역시 〈로미오와 줄리엣〉 음악의 영향 덕분입니다. 그의 〈로미오와 줄리엣〉이 성공을 이루자, 발레 극장 측에서 그에게 〈신데렐라〉에 사용할 발레 음악을 의뢰했으니까요. 두 걸작을 잇달아 뽑아낸 1930~1940년대는 프로코피예프의 시대로 불립니다.

그의 발레 음악 〈신데렐라〉는 크게 세 주제로 구성돼 있습니다. '괴롭힘을 당하는 신데렐라', '순수하고 사려 깊은 신데렐라' 그리고 '사랑과 행복으로 빛나는 신데렐라'가 그것이에요. 이를 통해 프로코피예프의 음악은 극적 전개에 효과적이면서도 전체적으로 통일감을 선사한다는 특징이 있어요.

발레 〈신데렐라〉는 1945년 작품 이후로도 여러 안무가에 의해 개작됐습니다. 이들은 모두 프로코피예프의 음악을 그대로 사용하고 있다는 공통점이 있습니다. 그중 특히나 유명한 것은 1948년에 초연한 프레더릭 애슈턴의 안무작과 1986년에 발표한 루돌프 누레예프의 작품입니다. 전자가 영국 왕립 발레단의 버전이라면, 후자는 프랑스 파리 오페라 발레단을 위해 만든 레퍼토리예요. 두 작품은 같은 음악을 사용하지만 서로 다른 이야기를 전달합니다.

먼저 애슈턴의 〈신데렐라〉는 이복언니들한테 구박을 받던 신데렐라가 요정의 도움으로 왕자를 만나 결혼한다는 원작 동화의 이야기를 충실히 전달합니다. 화려한 세트와 연출이 동화

보다 더 동화 같은 환상적인 무대를 선사하죠. 반면 누레예프의 작품은 독특합니다. 우선 1930년대 할리우드를 배경으로 합니다. 그리고 알코올중독자인 아버지와 사악한 계모에게서 탈출한 신데렐라가 영화배우로 데뷔를 하면서 도중에 주연 배우의 마음을 사로잡는다는 내용이에요. 왕자가 유명한 영화배우이고, 요정이 영화 제작자라는 현대적인 설정으로 이목을 집중시킵니다. 재미있는 발상이지만 현실에서 있을 법한, 아니 들어본 듯한 이야기이지 않나요? 할리우드 배우 출신으로 모나코 왕비가 된 그레이스 켈리(Grace Kelly)가 생각납니다.

누레예프의 〈신데렐라〉에 대해 조금 더 이야기하기에 앞서, 안무가인 누레예프에 대해 알아볼 필요가 있습니다. 누레예프는 1938년 러시아에서 태어났습니다. 정확히 말하자면 시베리아 완행열차 안에서 태어났죠. 범상치 않은 출생만큼 그의 발레 인생 역시 절대 평범하지 않았습니다. 누레예프의 아버지가 전쟁터에 있었던 터라 그는 러시아 서부 변방에 위치한 우파(Ufa)에서 가난한 유년시절을 보냈습니다. 또 그 지역 공산주의 청년 조직으로부터 발레를 배운 탓에 그의 춤은 거칠었죠. 이후 누레예프는 열일곱 살에 상트페테르부르크에 있는 제국 발레 학교에 편입합니다. 이곳은 러시아 황실 산하의 발레 학교라는 오래된 역사만큼이나 체계적인 교육 시스템을 자랑하는 곳이었습니다. 그러나 이 학교는 열 살 미만의 어린 나이에 입학하는 것이 일반적이었기 때문에 누레예프는 매우 늦은 나이에 정식 발레 교육을 받게 된 경우라 할 수 있습니다.

이 사실은 그가 뛰어난 재능의 소유자였다는 점을 짐작케

하는 동시에 순탄치 않은 학교생활을 예고합니다. 선천적으로 반항적이면서 또 지적 호기심이 충만했던 누레예프는 보수적인 학교 분위기에 적응하지 못했다고 해요. 덕분에 그에게는 늘 별종과 악동이라는 이미지가 따라다녔죠. 그는 결국 '냉전 체제 속 서방으로 망명한 최초의 예술가'라는 기록을 세우게 됩니다.

1961년 키로프 발레단의 유럽 순회공연에 동행한 누레예프는 소비에트 정부의 통제적인 분위기와 대조적인 유럽에 매료된 후 파리 공항에서 돌연 망명을 선언합니다. 국제적 대립이 살벌한 시기였다는 점에서 그의 망명은 목숨을 건 위험한 행동이었습니다. 하지만 누레예프에게는 든든한 지원군, 클라라 세인트가 있었습니다. 그녀는 작가이자 드골 정부의 문화부 장관이었던 앙드레 말로의 아들과 약혼한 사이였습니다. 그녀의 적극적인 도움으로 누레예프는 프랑스 당국의 도움을 받게 됩니다. 이 극적인 이야기는 2018년에 개봉한 영화인 〈화이트 크로우〉의 소재가 되기도 했어요.

망명 후 유럽에서의 생활은 그야말로 물고기가 물을 만난 것과 다름없었습니다. 그는 승승장구했죠. 스물네 살의 누레예프는 당시 영국 왕립 발레단의 프리마돈나인 마고트 폰테인(Margot Fonteyn)과의 환상적인 호흡으로 발레리나를 능가하는 인기를 누리게 됩니다. 사십 대였던 폰테인의 매력이 기품과 관록에 있었다면, 여기에 누레예프의 젊은 야성적 매력이 더해져 관객들을 황홀경에 빠뜨렸습니다. 둘의 파트너십은 이른바 '폰테인-누레예프 신화'로 회자돼요. 그의 눈부신 활약과 전 유럽에서 떨친 명성은 1984년 엄청난 결실을 보게 됩니다. 바로 발레단의 예술 감독이 된 것입니다. 그것도 발레의 본고장이라는 뿌리 깊은 자부심을 가진 파리 오페라 발레단이었죠.

망명자에서 파리 오페라 발레단의 감독이 된 누레예프. 마치 인생 역전에 성공한 신데렐라와 비슷하지 않나요? 신데렐라의 실사판이라 할 수 있는 누레예프가 감독이 된 후 2년 만에 만든 작품이 〈신데렐라〉라는 점은 과연 우연의 일치일까요? 이러한 맥락에서 그가 작품의 배경을 1930년대 미국 할리우드로 바꿨다는 점은 의미심장하게 다가옵니다. 미국은 소비에트 연방과 대척점을 이루는 자유민주주의 국가니까요. 특히 1930년대 미국은 필름 산업의 초창기를 이끌며 역사상 유례없는 경제적 번영을 누리고 있었던 때입니다. 무대 한편에 놓인 자유의 여신상으로 단번에 함축되는 작품의 시대적 배경. 누레예프의 인생과 절대 무관하다 할 수 없을 것 같습니다.

그의 〈신데렐라〉는 러시아 발레의 고전적인 전통과 유럽의 현대적인 특징이 적절히 섞인 것이 특징입니다. 계모와 의붓언니들을 포함한 등장인물들의 춤은 클래식 발레의 움직임을 바탕으로 하지만, 판에 박힌 팬터마임에서 벗어나 자유로운 움직임으로 스토리를 전달합니다. 또 찰리 채플린을 닮은 신데렐라의 탭댄스는 대중 예술과 발레의 융합이라는 현대 발레의 경향을 반영하고 있죠. 이 밖에도 흥미로운 장치들을 살펴볼 수 있습니다. 호박 마차는 스포츠카로, 무도회장은 레드카펫으로, 요정의 '비비디바비디부' 마법은 영화 촬영 현장으로 대치됩니다. 무비스타가 유리 구두를 들고 신데렐라를 찾아다니며 세계 방방곡곡을 다닌다는 설정도 돋보입니다. 이는 스페인, 중국, 러시아 등 각국의 민속무용이 빠지지 않고 등장하던 고전 발레의 전통, 즉 캐릭터 댄스를 누레예프가 현대적으로 해석한 부분이라 할 수 있어요.

망명 이후 단번에 스타가 돼 부와 명예 두 가지를 모두 움켜쥔 누레예프. 그는 사망하기 1년 전인 1992년, 프랑스 최고 권위의 훈장이자 평생의 영예로 인정되는 레지옹 도뇌르(Legion d'Honneur) 훈장을 수여받습니다. 어쩌면 그의 발레 〈신데렐라〉는 조국을 떠난 고독한 망명자에서 화려한 인생을 살다 간 한 인간의 극적인 인생을 상징하는 것일 수도 있겠습니다.

Sylvia

〈실비아〉

발레로 만나는 그리스 로마 신화

18

*

제우스와 올림포스 신들의 이야기가 다채롭게 펼쳐지는 그리스 로마 신화. 그 인기는 동서고금과 남녀노소를 불문합니다. 아마 그리스 로마 신화만큼 풍부한 내용으로 상상력을 자극하고 교훈까지 주는 이야기는 없을 것 같아요. 그만큼 그리스 로마 신화는 고대의 역사이자 인간의 지혜와 지성이 보존돼 있다는 점에서 그 가치를 찾을 수 있습니다. 이를 증명하듯 신화의 이야기들은 현대 사회에 접목돼 우리의 실생활에까지 영향을 미치고 있습니다. 신화에서 유래한 '판도라의 상자'나 '이카루스의 날개'는 아주 친숙한 개념이 됐죠. 예술에서도 예외가 아닙니다. 역사적으로 신화에서 영감을 얻은 많은 예술가들이 무궁무진한 예술 작품을 탄생시켰으니까요.

여기서 한 가지 의외의 사실을 발견하게 됩니다. 바로 클래식 발레 작품 중에 그리스 신화를 줄거리로 하는 전막 발레가 흔치 않다는 거예요. 특히 현재까지 작품 전체가 공연되는 레퍼토리로는 지금부터 이야기할 〈실비아〉가 유일합니다.

과연 그리스 신화는 발레의 소재로 인기가 없던 것일까요? 결론부터 말하자면, 그렇지 않습니다. 사실 고대 그리스의 부활을 의미하는 르네상스 시대와 맞물려서, 16~17세기 프랑스 왕실에서 추던 초기의 발레는 그리스 신화나 여기서 따온 이야기를 단골 주제로 삼았습니다. 이때 발레는 귀족들이 직접 참여해 행렬하는 형태였고, 왕실 연회에 모인 귀족들은 가면과 가발로 변장해 신화 속 장면을 묘사했습니다.

바다의 신이나 천사와 전령이 등장하는 신화적 발레가 왕실의 호화로운 구경거리로 자리 잡았던 이유는 당시의 발레가 왕과 왕실의 위엄을 공고히 하는 정치적 도구로 사용됐기 때문입니다. 절대 군주제의 정치 이념을 표방하기 위한 발레의 소재로서 신화는 굉장히 적절했습니다. 왕은 신들의 초월적인 이미지를 빌려 자신의 절대 권력과 정치 철학을 드러냈죠. 하지만 혁명을 거쳐 절대 군주가 사라지자, 발레는 자연스레 중산층 이야기를 다룬 대중적 취향으로 대치됩니다. 즉, 신화적 주제의 궁정발레는 정치 체제의 변화에 살아남지 못하고 역사 속으로 사라지게 된 것입니다.

따라서 발레의 역사적 맥락에서 볼 때, 1876년 루이 메란트(Louis Mérante)의 안무로 파리 오페라 극장에서 초연된 〈실비아〉는 소재 면에서 프랑스 궁정 발레의 부활이라고 볼 수 있습니다. 이 발레는 1573년에 이탈리아의 시인 토르콰토 타소(Torquato Tasso)가 쓴 목가극 《아민타Aminta》를 바탕으로 탄생했습니다. 아름다운 대자연과 목동들이 어우러진 그리스의 아르카디아 지방을 배경으로 하죠. 인간 목동인 아민타가 사랑의 신인 에로스(Eros)의 도움으로 사냥과 달의 여신인 디아나(Diana)의 사랑을 얻게 된다는 내용이에요.

3막 5장으로 구성된 〈실비아〉의 줄거리는 다음과 같습니다. 실비아는 활쏘기에 탁월한 씩씩한 여장부로서, 디아나에 대한 충성으로 사랑을 포기하겠다고 약속한 님프입니다. 그녀는 에로스를 조롱할 정도로 사랑 앞에 냉소적이었죠. 자신을 향한 아민타의 구애는 그녀를 화나게 할 뿐이었습니다. 급기야 그녀는 장난스러운 에로스를 비난하고 활을 쏴버리기까지 합니다. 그러나 실비아의 화살은 엉뚱하게도 에로스 상을 보호하던 아민타에게 꽂히고, 이에 에로스는 실비아에게 보복의 화살을 쏩니다.

아민타가 실비아의 화살에 맞아 쓰러진 사이, 비밀리에 실비아를 지켜보고 있던 사악한 사냥꾼인 오리온(Orion)이 그녀를 납치합니다. 그 역시 실비아를 흠모하고 있었거든요. 조금 뒤 망토를 걸친 낯선 이가 나타나 아민타를 살려주고, 그에게 실비아가 납치됐다는 사실을 알려줍니다. 이 낯선 이의 정체는 에로스로 밝혀집니다. 이렇게 사랑의 신의 도움으로 살아난 아민타는 납치된 실비아를 구조할 계획을 세웁니다.

한편, 동굴로 실비아를 납치해 온 오리온은 보석과 멋진 옷으로 그녀를 유혹합니다. 하지만 에로스의 화살에 맞은 실비아는 아민타를 깊이 사랑하고 있었어요. 이때 에로스가 나타나 아민타의 환영을 보여주며 실비아를 구해줍니다. 에로스 덕분에 아민타와 실비아는 디아나의 신전 앞에서 재회하게 되죠. 마침내 둘의 사랑이 이루어지나 싶었지만, 또다시 난관에 부딪히게 됩니다. 디아나가 인간과 님프의 사랑을 인정하지 않았기 때문입니다. 하지만 에로스가 디아나에게 그녀 역시 어느 목동과 사랑했던 과거를 일깨워주자, 디아나는 둘의 사랑을 허락하면서 〈실비아〉는 행복한 결말을 맺습니다. 신전을 배경으로 에로스에 의해 펼쳐지는 인간과 님프의 사랑 이야기는 달콤해요.

발레 〈실비아〉로 만나는 신화 속 환상의 세계는 무대 디자인에서부터 의상과 춤에 이르기까지 모두 다 눈부시게 아름답습니다. 하지만 안타깝게도 이 작품이 처음 파리에서 공연됐을 때는 그다지 주목받지 못했다고 합니다. 당시 프랑스에서는 더욱더 화려한 볼거리와 큰 규모를 강조하는 공연이 인기를 끌던 추세였고, 발레는 오페라나 상업적인 호화 쇼에 밀려 빛을 발하지 못했기 때문입니다. 심지어 재정적 부담을 견디지 못한 발레 극장들이 파산하던 상황이었죠. 그래서 세기말 프랑스는 발레의 침체기로 기록됩니다. 〈실비아〉 역시 상업적으로 실패한 결과, 7번의 공연을 끝으로 사람들의 기억에서 잊히게 됐습니다.

그러나 수십 년이 흘러 영국의 프레더릭 애슈턴은 옛 발레에서 영감을 얻어 1951년 〈실비아〉를 부활시킵니다. 애슈턴이 재안무한 작품은 영국 왕립 발레단의 정식 레퍼토리이자 현재 러시아를 포함한 여러 발레단에서 공연되고 있어요. 애슈턴은 이 작품에서 프랑스의 낭만적인 기질을 계승하면서도 신화적인 특징을 죽이지 않고 그대로 살려나갑니다. 애슈턴 특유의 서정적인 안무 스타일까지 가미돼 현대적으로 개혁된 클래식 스타일을 보여주고 있죠.

애슈턴이 이 작품을 부활시키고자 한 결정적인 이유는 바로 레오 들리브(Léo Delibes)의 아름답고도 아름다운 음악이 있었기 때문이에요. 〈실비아〉는 〈코펠리아〉와 함께 들리브의 대표 발레 곡으로, 우아하고 아름다우며 물 흐르듯 유연하게 흘러가는 것이 특징입니다. 발레 음악의 대표주자인 차이콥스키는 들리브의 〈실비아〉를 듣고 "만약 진작 이 음악을 알았더라면 〈백조의 호수〉 같은 음악은 작곡하지 않았을 것이다"라는 극찬을 아끼지 않았다고 해요. 이 곡이 얼마나 탁월한지 짐작할 수 있는 대목입니다.

결국 발레 〈실비아〉는 이렇게 정리해볼 수 있습니다. 이 발레에는 두 세계가 공존합니다. 19세기 프랑스 발레와 20세기 영국 발레의 만남, 프랑스의 낭만주의적 취향과 영국 왕실의 고전주의적 기질의 공명입니다. 다시 말해 그리스 신화의 환상적인 소재가 초현실적인 세계를 그리기를 좋아했던 프랑스 낭만 발레의 영향이라면, 정교하고 거침없이 유려한 춤은 애슈턴 안무의 특징입니다. 여기에 들리브의 감미로운 음악은 두 세계를 매끄럽게 이어주고 시너지 효과를 끌어내는 결정타의 역할을 톡톡히 해내고 있죠. 두 세계에서 가장 매력적인 것이 취합된 발레 〈실비아〉. 알고 보면 이 발레를 더욱더 입체적으로 감상할 수 있을 겁니다.

Shim Chung

〈심청〉

응답하라 1986

19

＊

레트로가 열풍인 요즘, 잠시 옛 시절로 여행을 떠나봅시다. 인종을 초월한 시대의 아이콘으로 마이클 잭슨이 등장했고, 가왕 조용필이 한국 대중음악계를 평정했던 1980년대로요. 컬러 텔레비전의 첫 방영을 시작으로 3S(스크린, 스포츠, 섹스) 정책이 시행되고, 88서울올림픽 유치를 계기로 야간 통행금지도 폐지됩니다. 남북의 이산가족이 역사적인 첫 상봉을 했고, 건국 이래 최고의 국가 행사인 아시안게임도 열렸습니다. 학력고사를 치르던 이 시기에는 지하철 3, 4호선이 개통됐습니다. 한겨울의 추위가 무색할 만큼 열정적인 인기를 누린 대학가요제 출신의 무한궤도도 있었죠.

1980년대의 한국 발레는 어땠을까요? 1984년 유니버설 발레단이 설립됐고, 이 발레단은 1986년 첫 창작 발레인 〈심청〉을 초연합니다. 당시 유니버설 발레단은 국립 발레단과 광주 시립 발레단에 이어 한국에 창단된 세 번째 발레단이었을 뿐만 아니라, 민간 직업 발레단으로는 최초였습니다. 이런 기록에 못지않게 중요한 것이 유니버설 발레단에서 창작한 발레 〈심청〉입니다. 이 작품은 정부가 펼친 문화 정책에 대한 의욕을 발판 삼아 제작됐어요. 당시는 86아시안게임과 88서울올림픽 등 국제적 행사를 연이어 유치한 만큼 문화 정책에 대한 지원을 강화한 시기였거든요.

정부에서는 한국을 세계에 알리고자 서양인들에게 친숙한 발레를 내세웠고, 예술 단체로 하여금 한국의 문화 정체성을 보여주는 발레 작품들을 제작하도록 권장했습니다. 그리고 발레 〈심청〉은 한국의 색채와 서양의 발레가 절묘하게 조화를 이뤄 새로운 발레를 선보이는 데 성공합니다. 작품은 창작 이래 30년 이상 꾸준히 공연되면서 오늘날 유니버설 발레단의 시그니처 레퍼토리로서 굳건히 자리를 지키고 있죠.

발레 〈심청〉은 우리에게 너무나 친근한 전래 동화《심청전》을 주제로 합니다. 아버지의 눈을 뜨게 하기 위해 기꺼이 인당수에 몸을 던지는 심청의 이야기. 이것을 관통하는 가치관은 부모를 공경하는 자식의 지극한 효성입니다. 따라서 유교의 기초적인 도덕규범인 효 사상을 그린 발레 〈심청〉은 한국의 고귀한 정신은 물론, 가족애의 감동을 담은 유일무이한 발레 작품이죠.

감동적인 소재 못지않게 〈심청〉은 시각적으로도 훌륭한 연출을 자랑합니다. '어촌', '바다', '왕궁'으로 이어지는 다이내믹한 장면들은 기존 클래식 발레를 능가할 정도예요. 어촌을 배경으로 한 부분에서는 카리스마 넘치는 선장과 선원들의 힘찬 춤이 이색적인 볼거리를 선사합니다. 바다의 제물이 된 심청이 폭풍 속에서 인당수에 몸을 던지는 장면은 매우 극적입니다. 이어지는 바닷속 장면은 현실 세계가 아닌 환상의 세계를 그리고 있습니다. 그만큼 바다 생물들의 환상적인 디베르티스망이 흥겹게 펼쳐지죠. 심청의 효성에 감동한 용왕이 선처를 베푼다는 내용은 이 작품에서만 볼 수 있는 독특한 분위기이지 않을까 싶습니다.

　마지막으로 모든 볼거리가 집대성된 왕궁은 화려한 색채의 궁궐 세트와 전통 복식으로 한국의 독창적인 미를 물씬 느낄 수 있습니다. 연꽃에서 등장하는 심청과 규수들의 춤도 흥미롭지만, 이후 왕과 심청의 사랑을 표현한 문라이트 빠드두는 한국적 주제와 발레가 만나 선사하는 가장 로맨틱한 춤입니다. 또 많은 클래식 발레 작품들이 주인공들의 성대한 결혼으로 마무리되는 것처럼, 〈심청〉에서도 역시 심청과 왕의 결혼식이 거행됩니다. 전통 혼례복을 입은 심청은 등장 자체만으로 눈이 휘둥그레지죠. 무엇보다 중요한 장면은 아버지가 눈을 뜨는 부분입니다. 무용수들의 열연은 물론이고, 무대 위의 감동이 객석에까지 전이되는 인상적인 장면이에요. 이렇게 〈심청〉은 효 사상을 통해 관객과 무용수 모두 큰 감동을 느낄 수 있는 발레 작품입니다.

　유니버설 발레단의 역사는 발레 〈심청〉과 함께한다고 해도 지나치지 않습니다. 이를 증명하듯 발레단의 30주년을 기념하는 책자에는 발레단의 창단 역사와 함께 〈심청〉의 중요성이 빼곡히 기록돼 있습니다. 그 내용을 살짝 들여다볼게요.

　발레 〈심청〉은 발레단의 초대 예술 감독인 애드리언 델라스(Adrienne Dellas)의 안무와 케빈 바버 픽카드(Kevin Barber Pickard)의 음악으로 1986년 9월 21일 초연됐습니다. 유니버설 발레단은 1987년에 〈심청〉으로 아시아 지역 첫 해외 투어를 떠났습니다. 이를 계기로 1990년에는 이탈리아와 오스트리아에서 공연해 한국 발레 역사상 최초로 창작 발레로 유럽 진출을 했다는 의미 있는 역사를 썼습니다.

특히 1991~1998년 시기에는 〈심청〉을 필수 레퍼토리로 삼아 매년 일본 투어를 했을 뿐만 아니라 1998년에는 미국 무대에도 진출하는 기염을 토해냈습니다. 당시 "전통적이면서도 현대적인 한국 발레단의 데뷔(A Korean Debut, Traditional but Hybrid)"라는 평이 〈뉴욕타임스〉에 대문짝만 하게 실렸다고 해요.

이어지는 새천년의 역사는 더욱 값집니다. 2001년 발레 〈심청〉은 미국의 3대 오페라극장을 휩쓸고, 2003년 한국 발레단으로서는 최초로 프랑스까지 입성합니다. 이후 〈심청〉은 대만, 싱가포르, 샌프란시스코, 밴쿠버 그리고 중동의 오만에서도 공연됐습니다. 이처럼 월드 투어의 주요 레퍼토리로서 〈심청〉의 역사는 앞으로도 계속될 것입니다.

공연마다 최초의 역사가 함께한 〈심청〉에는 유니버설 발레단과 한국 발레의 역량이 집약돼 있습니다. 〈심청〉이 세운 '한국 발레의 역수출', '발레 한류'라는 신화는 명실공히 한국 발레의 위상을 드높이는 데 큰 공헌을 한 우리의 자랑이죠. 유니버설 발레단은 2007년 전막 초연된 〈발레 춘향〉을 제2의 창작 발레로 내세우며 현재까지도 그 영광을 이어가고 있습니다.

발레의 불모지와 같았던 한국, 프로 무용수의 길이 생소했던 그때 그 시절, 단원들의 수가 부족해 인쇄소 직원까지 동원해야 했던 웃지 못할 기억까지…. 이제는 아련해진 옛 추억이 오늘을 살아가는 데 필요한 발판이 되듯, 〈심청〉은 초연 이후 여러 국적의 아티스트들이 협업해 꾸준히 완성도를 높여왔습니다. 이 같은 행보는 〈심청〉이 단순히 과거의 것이 아닌 현재진행형인 작품이라는 점을 알려줍니다. 이 작품에 보내는 열렬한 응답이

라면, 바로 관객 여러분의 환호와 응원 그리고 아낌없는 박수가
아닐까요?

Onegin

〈오네긴〉

냉정과 열정 사이에서 흐르는 눈물

*

때는 1820년대 러시아. 한적한 시골 마을에 사는 타티아나(Tatia-na)는 순정으로 가득 찬 문학소녀입니다. 그녀의 생일을 하루 앞둔 어느 날, 귀족 청년인 오네긴(Onegin)이 나타납니다. 차갑지만 세련된 매력을 가진 그에게 한눈에 반한 타티아나는 밤잠을 설치며 열정적으로 러브레터를 쓰죠. 하지만 오네긴에게 느닷없이 찾아온 시골 처녀의 애타는 마음은 성가신 일에 불과했습니다. 그는 타티아나를 세워놓고 냉혹하게 편지를 찢어버립니다. 그것도 모자라 그녀의 동생인 올가(Olga)에게 장난삼아 치근덕대기 시작해요. 올가의 약혼자였던 렌스키(Lenski)는 오네긴의 무례한 행동에 화가 나 결투를 신청하고, 그 일로 오네긴은 렌스키를 죽이게 됩니다. 상처와 살인만을 남긴 오네긴. 그가 자책감에 러시아를 떠나면서 타티아나와의 인연은 끝나는 것 같았습니다.

그로부터 몇 년 후, 방랑하던 오네긴은 상트페테르부르크로 돌아와 무도회에 참석합니다. 그곳에서 타티아나를 다시 만나죠. 하지만 그녀는 자신에게 사랑을 고백했던 수줍음 많은 시골 소녀가 아닌, 우아하고 품위 있는 여인이 돼 있었습니다. 그런 그녀의 모습에 후회와 사랑을 느낀 오네긴은 고백 편지를 씁니다. 그녀가 이미 그레민(Gremin) 공작과 결혼해 충실히 가정을 꾸려나가고 있었음에도 불구하고 말이에요. 그런 오네긴의 편지를 받은 타티아나는 혼란하기만 합니다. 오네긴에게 지울 수 없는 상처를 받은 그녀였지만, 여전히 첫사랑의 감정이 남아 있었기 때문이죠. 이 둘의 얽힌 사랑은 어떤 결말을 불러올까요?

냉정과 열정을 오가는 오네긴과 타티아나의 이야기는 러시아의 작가 알렉산드르 푸시킨(Alexsander Pushkin)의 소설 《예브게니 오네긴Evgeny Onegin》입니다. 러시아의 대문호이자 국민 시인으로 일컬어지는 푸시킨. 우리에게는 '삶이 그대를 속일지라도'라는 유명한 시로도 잘 알려졌죠. 푸시킨이 1830년에 완성한 《예브게니 오네긴》은 그가 7년이라는 시간에 걸쳐 집필한 만큼 큰 애착을 가진 작품입니다. 오랜 기간 공들였기 때문인지 작품 속 인물들의 미묘하고도 현실적인 감정을 잘 묘사해 러시아 문학역사상 최초의 사실주의 문학으로 평가돼요.

푸시킨이 이 작품에서 보여준 매력적인 문학 세계는 또 다른 예술의 출발점이 됐습니다. 대표적으로 차이콥스키가 작곡한 동명의 오페라가 있습니다. 그리고 이 음악의 마지막 악장을 듣는 순간 단번에 정열적인 발레를 그려낸 안무가가 있었으니, 바로 오늘날의 슈투트가르트 발레단을 있게 한 존 크랑코였습니다. 크랑코는 영국 왕립 발레단의 전신인 빅 웰스 발레단(Vic-Wells Ballet)에서 활동하던 시절, 차이콥스키의 오페라 〈예브게니 오네긴〉의 안무를 맡게 됩니다. 그 무렵 크랑코에게 오네긴과 타티아나의 이야기는 훌륭한 발레의 소재로 다가왔습니다. 그의 머릿속에서 남녀의 빠드두가 자연스럽게 그려질 정도였죠. 이후 1962년 슈투트가르트 발레단의 감독이 된 크랑코는 3년 후 발레 〈오네긴〉을 초연합니다. 3막에 걸쳐 장편 드라마를 그린 이 발레는 그가 마치 예상이라도 했던 것처럼 성공적이었습니다. 현재 크랑코의 〈오네긴〉은 그를 대표하는 작품이자 발레 〈로미오와 줄리엣〉과 함께 19세기 〈백조의 호수〉에 필적할 만한 20세기 대표작으로 손꼽힙니다.

〈오네긴〉이 관객의 마음을 사로잡은 이유는 무엇일까요? 기본적으로 문학 작품에서 전달되는 주인공들의 감정과 상황이 깊은 호소력을 지니는 건 사실입니다. 여기에 크랑코는 간결하리만큼 잘 정돈된 전개를 바탕으로 비극적인 주인공의 사랑을 강조한 춤을 창조했고, 이를 통해 문학 작품의 극적 표현을 생생하게 펼쳐냈습니다. 또 차이콥스키의 오페라 음악이 아닌 하인즈 슈톨체(Heinz Stolze)가 편곡한 음악을 사용했습니다. 그의 편곡은 차이콥스키가 발레 〈오네긴〉을 위해 작곡했다 믿을 정도로 높은 완성도를 보여줍니다. 그 결과 극적 통일성과 러시아의 민족적 분위기는 살리면서도 오페라와 차별점을 두는 데 성공했죠.

크랑코의 발레 〈오네긴〉은 기존의 스토리와 오페라를 뛰어넘어 오로지 춤으로 한 편의 드라마를 완성합니다. 어찌 보면 당연한 이야기처럼 들리지만, 춤으로 인물의 심리를 표현한다는 것은 새로운 발레를 의미하는 것이었습니다. 바로 드라마 발레(drama ballet)라 불리는 것입니다. 19세기까지 발레는 이른바 '표현과 묘기'라는 딜레마로부터 꾸준히 발전해왔습니다. 하지만 크랑코가 〈오네긴〉에서 보여준 발레는 한마디로 말해 발레의 표현성에 대한 믿음이었습니다. 따라서 그의 작품에서는 줄거리와 상관없이 단순히 흥을 돋우기 위해 존재했던 디베르티스망이 사라지게 됩니다. 즉, 작품에 등장하는 모든 춤은 의미를 가지게 됐죠. 또 인물들의 포즈와 제스처는 사실적으로 이루어지고, 무용수는 연극배우 못지않은 깊은 감정 표현과 섬세한 내면 연기를 보여줍니다. 그래서 이 작품은 발레에 익숙지 않은 관객일지라도 쉽게 이해하고 몰입할 수 있습니다.

크랑코의 발레에서 가장 눈여겨봐야 할 부분은 바로 빠드두입니다. 크랑코가 안무한 빠드두는 러시아의 프티파가 철저히 스펙터클을 위해 고안한 그랑 빠드두 형식에서 벗어납니다. 의미 없는 남녀 솔로는 과감히 없애고, 관객을 놀라게 했던 현란한 기교는 인물의 성격과 감정에 완벽히 밀착됩니다. 또 테크닉들은 단순히 고난도의 동작이 아닌 다양한 감정을 응축해요. 그런 만큼 드라마 발레의 전형을 보여주는 〈오네긴〉의 빠드두는 스토리를 자연스럽게 드러낼 뿐만 아니라 인물의 상태를 충실히 묘사하고 심리를 농밀하게 드러냅니다.

따라서 〈오네긴〉은 네 개의 빠드두로 전개된다고 말해도 과언이 아닙니다. 먼저 1막에서 추는 올가와 렌스키의 빠드두가 있습니다. 두 인물은 오네긴과 타티아나의 비극적 운명을 극대화하는 데 크게 기여하는 인물입니다. 활달한 올가의 성격이 타티아나의 서정적인 모습과 대조적이라면, 렌스키는 오네긴이 파국으로 치닫는 데 결정적인 역할을 합니다. 〈오네긴〉은 이 둘의 사랑을 표현한 빠드두로 시작합니다. 차이콥스키의 〈사계〉 중 '뱃노래'에 맞춰 추는 이 빠드두는 시골 처녀와 청년의 목가적인 분위기를 사랑스럽게 담아내면서도, 어딘가 모르게 슬퍼 앞으로 일어날 비극을 암시하는 장면이라 할 수 있습니다.

다음은 오네긴과 타티아나의 빠드두입니다. 모두가 잠든 시간, 타티아나는 침실에서 자신의 마음을 담아 오네긴에게 편지를 씁니다. 두근거리는 마음을 달랠 길이 없던 그녀는 편지마저 쉽게 쓸 수 없었습니다. 그러다 잠이 든 타티아나의 꿈속에 오네긴이 등장합니다. 오네긴은 그녀의 방에 있던 거울 속에서 나타나죠. 그래서 '거울의 빠드두'로 불리는 이 장면은 사랑의 가장 달콤하고 아름다운 면모를 보여줍니다. 오네긴은 애틋한 포옹으로 타티아나를 반기고, 감격에 젖은 타티아나는 순수하지만 열정적이에요. 오네긴이 그녀를 높이 들어 올리는 동작의 반복은 한껏 부풀어 오른 타티아나의 감정과도 닮아 있어요.

렌스키를 죽음으로 몰아넣은 2막이 지나고 3막이 시작되면, 정숙한 여인이 된 타티아나와 그레민 공작의 빠드두가 등장합니다. 여기서 타티아나는 순수하고 열정적이었던 1막의 모습과 사뭇 다릅니다. 우아한 드레스 차림의 타티아나의 춤에는 사랑의 상처로 인해 성숙한 여인의 모습이 느껴져요. 그녀의 기품 있고 우아한 춤은 오네긴의 마음을 기울게 할 정도로 아름답습니다. 동시에 위엄 있는 그레민 공작의 안정적인 서포트가 어우러지면서 남편을 향한 여인의 정절이 표현됩니다.

작품의 마지막 춤은 타티아나와 오네긴의 빠드두입니다. 자, 앞서 오네긴의 편지를 받은 타티아나가 혼란에 빠지는 것까지 말씀드렸죠. 바로 이 마지막 빠드두에서 둘의 결말을 알 수 있습니다. 이 춤은 뒤늦은 후회로 안타까움을 담아내 '회한의 빠드두'라는 부제가 붙습니다. 타티아나의 팔을 당기고 뒤에서 매달리는 오네긴의 모습은 집착에 가까운 사랑의 감정을 드러냅니다. 반면 갈등과 애증을 느끼는 타티아나는 오네긴에게 속절없이 끌려가면서도 벗어나기 위해 안간힘을 쓰는 몸짓으로 표현됩니다. 둘의 운명과 감정이 처참하게 얽혀 있듯, 그들의 몸도 뒤엉킵니다. 결국 가정을 지키기 위해 그를 거절하기로 한 타티아나. 그녀는 과거 그가 그러했던 것처럼 오네긴으로부터 받은 편지를 냉정하게 찢어버립니다. 그리고 처절하게 애원하는 오네긴을 외면한 채 나가달라고 단호하게 외치죠. 등 뒤로 오네긴을 떠나보내며 관객을 향해 오열하는 마지막 장면은 타티아나에게 클로즈업되는 영화 같은 순간입니다.

이 작품의 묘미는 단순히 춤을 떠나 무용수들이 인물을 어떻게 해석하고 표현하느냐를 보는 데 있습니다. 그래서 무용수에 따라 오네긴이 주인공인 공연도 있고, 또 타티아나가 주인공인 공연도 있죠. 하지만 누구에게 몰입하든 관객은 오네긴과 타티아나 중 한 명이 돼 눈물을 흘리게 됩니다. 냉정했던 오네긴이 열정에 휩싸여 흘리는 눈물, 그리고 열정적으로 사랑했지만 냉정하게 외면할 수밖에 없었던 타티아나의 눈물처럼요. 관객에게 깊은 여운을 남기는 무용수들의 열연은 발레 〈오네긴〉을 잊지 못할 공연으로 만듭니다. 한평생을 무대에서 보냈던 무용수들이 은퇴 작품으로 〈오네긴〉을 선택하는 이유가 바로 여기에 있지 않을까요?

The Sleeping Beauty

〈잠자는 숲속의 미녀〉

클래식 발레의 백과사전

21

＊

왕자의 입맞춤으로 잠에서 깨어나는 공주, 악당을 물리치고 공주를 구하는 왕자. 아름다운 공주와 백마 탄 왕자가 되는 상상을 한 번쯤 해보지 않으셨나요? 클래식 발레 〈잠자는 숲속의 미녀〉를 통해 동화 속 공주와 왕자를 만나볼 시간입니다.

마리우스 프티파의 안무와 차이콥스키의 음악으로 탄생한 발레 〈잠자는 숲속의 미녀〉는 1890년 러시아 상트페테르부르크에 위치한 마린스키 발레단에서 초연됐습니다. 이 발레의 대략적인 줄거리를 같이 살펴보도록 하죠.

어느 먼 옛날 플로레스탄(Florestan) 왕과 왕비 사이에서 어여쁜 공주 오로라(Aurora)가 탄생합니다. 그녀의 탄생을 축하하기 위해 여섯 명의 요정이 초대됩니다. 이 요정들은 공주에게 아름다움, 용기, 우아함, 관용 같은 고귀한 특성들을 선물하죠. 뒤이어 라일락(Lilac) 요정이 선물을 주려던 찰나, 파티에 초대받지 못한 것에 화가 나 있던 마녀 카라보스(Carabosse)가 등장합니다. 그는 공주가 열여섯 살이 되는 생일에 물레 바늘에 찔려 죽게 될 것이라는 무시무시한 저주를 내려요. 라일락 요정은 카라보스의 강력한 마법을 풀지는 못하지만, 그 대신 공주의 죽음을 백년의 잠으로 바꾸고 왕자의 키스를 받으면 깨어날 수 있게 만듭니다. 여기까지가 프롤로그예요.

1막의 배경은 시간이 흘러 오로라 공주의 열여섯 번째 생일입니다. 카라보스의 저주를 두려워한 왕은 뜨개질바늘을 가지고 있던 여성들에게 가혹한 형벌을 내릴 정도로 예민했습니다. 한편, 오로라 공주의 생일을 축하하기 위해 각국의 왕자들이 도착합니다. 그들은 성인이 된 오로라 공주의 구혼자들이었어요. 이들이 함께 아름다운 춤을 추는 사이, 누군가 공주에게 선물을 건넵니다. 공주는 실타래에 감겨 있는 낯선 물건에 호기심이 생겼고, 이를 가지고 춤을 추다 그 속에 감춰져 있던 바늘에 찔리고 맙니다. 선물을 건넨 이는 다름 아닌 카라보스였죠. 바늘에 찔린 오로라 공주는 라일락 요정의 마법에 따라 잠이 듭니다.

백 년의 시간이 지난 어느 날, 데지레(Désiré) 왕자가 모습을 보이며 2막이 시작됩니다. 사냥길에 나서던 왕자는 숲속에서 라일락 요정을 만납니다. 요정은 왕자에게 오로라 공주의 환영을 보여주죠. 공주의 아름다운 모습에 사랑에 빠진 왕자는 라일락 요정을 따라 오로라 공주를 찾아갑니다. 그리고 숨겨진 성에 도착한 데지레 왕자는 요정과 함께 카라보스를 무찌릅니다. 이윽고 왕자가 공주에게 키스를 하자, 성안에 잠들어 있던 모든 사람이 잠에서 깨어나 행복을 되찾습니다. 이어지는 3막에서는 오로라 공주와 데지레 왕자의 결혼식이 펼쳐집니다. 모두의 축복 속에 왕자와 공주는 오래오래 행복하게 살았다는 전형적인 동화의 해피엔딩을 따르고 있죠.

발레 〈잠자는 숲속의 미녀〉는 우리가 익히 아는 샤를 페로의 동화 《잠자는 숲속의 미녀 The Sleeping Beauty》를 발레화한 작품입니다. 사실 17세기에 창작된 페로의 원작 동화는 결혼한 공주가 두 아이를 얻지만, 시어머니인 왕비가 아이들을 잡아먹으려다 실패한다는 잔혹 동화였습니다. 이후 그림(Grimm) 형제의 동화에서는 이 부분이 삭제됐죠. 아무튼 이 동화는 러시아 발레의 황제였던 마리우스 프티파에 의해 환상적이고 아름다운 발레로 다시 태어났습니다.

그런데 프티파는 왜 하필 페로의《잠자는 숲속의 미녀》를 발레로 만들었을까요? 당시 러시아의 상황을 살펴보면 페로의 동화가 발레의 소재로 얼마나 적절했는지 알 수 있습니다. 19세기 러시아는 역사상 가장 화려했던 제정 국가였습니다. 러시아에서 발레는 국가의 전폭적인 후원을 받는 고급 예술이었죠. 러시아의 황실은 프랑스 태생의 외국인 예술가였던 프티파에게도 후원을 아끼지 않았습니다. 한마디로 그는 사회적으로 칭송을 받는 예술가였습니다. 러시아 황실에 보답하고자 프티파는〈잠자는 숲속의 미녀〉를 만듭니다. 황실을 찬양하기 위해 프티파가 고안해낸 방법은 러시아 궁정의 형식과 규칙을 발레로 재현하는 것이었습니다. 다시 말해 발레로 왕족들의 우아함과 호화로움을 가장 아름답게 보여주고자 한 것입니다.

따라서 공주의 생명을 대가로 성안에 있는 사람들이 긴 잠에 빠진다는 동화의 내용은 모든 권력이 왕에게 집중되는 국가, 즉 절대 왕정을 드높이기 위한 발레의 소재로 더할 나위 없었습니다. 실제로 페로의 동화는 루이 14세 치세의 프랑스에 대한 헌정으로 쓰인 작품이었으니까요. 여기에 더해 이 발레의 세트는 러시아의 베르사유라 불리는 페테르고프 궁전을 연상케 했고, 모든 무대 장치와 의상은 화려한 빛깔의 비단과 금실 은실의 자수로 만들어졌습니다. 기록에 따르면 〈잠자는 숲속의 미녀〉는 제작 당시 황실 극장의 연간 제작 예산의 4분의 1이 투입됐을 정도로 큰 스케일을 자랑했다고 합니다.

〈잠자는 숲속의 미녀〉가 러시아 왕실의 축소판이라는 사실을 떠올리면서 주요 장면들을 알아볼게요. 프롤로그에서는 신하에서 왕에 이르기까지 모든 등장인물이 궁정 예절에 따라 움직이는 것이 인상적입니다. 이후 오로라에게 선물을 주는 여섯 요정의 솔로 춤이 개성 넘치죠. 또 카라보스가 저주를 내리는 부분에서는 춤과 함께 다양한 팬터마임을 볼 수 있어 흥미롭습니다.

1막에서는 오로라 공주의 생일을 축하하는 군무, 즉 '꽃의 왈츠'가 무대를 가득 메웁니다. 숨 쉬는 모든 것들이 춤추는 봄을 만끽할 수 있어요. 그리고 오로라 공주가 네 명의 구혼자와 함께 추는 춤이 백미죠. 구혼자들로부터 장미를 한 송이씩 받으며 추기 때문에 '로즈 아다지오'라는 이름으로 불립니다. 이 춤은 오로라 공주가 아띠뛰드(attitude)를 한 채 한 다리로 서서 균형을 잡는 고난도 테크닉이 여러 번 등장합니다.

이어서 2막은 숲속에서 데지레 왕자가 오로라 공주의 환영과 추는 빠드두가 아름답습니다. 줄지어 등장하는 군무는 꽃의 정령들처럼 환상적인 무대를 선사합니다. 이렇게 많은 무용수가 정확하게 대형을 이루는 것은 프티파 발레에서 절대 빠지는 법이 없습니다.

그리고 하이라이트는 뭐니 뭐니 해도 공주와 왕자의 결혼식이 거행되는 3막입니다. 특별한 줄거리는 없지만 가장 다양한 춤이 등장합니다. 알리바바와 네 보석들, 장화 신은 고양이, 플로린 공주와 파랑새, 빨간 모자와 늑대까지 동화 속 다양한 캐릭터들이 총출동합니다. 마지막으로 왕자와 공주가 함께 추는 그랑 빠드두는 이 작품의 꽃 중의 꽃입니다. 그랑 빠드두는 둘이 같이 추는 아다지오, 데지레 솔로, 오로라 솔로, 그리고 둘이 다시 같이 추는 코다 순으로 진행되면서 작품의 대미를 화려하게 장식합니다. 이 춤은 정교한 테크닉으로 고전 발레의 전형을 보여주기에 갈라나 콩쿠르에서 자주 볼 수 있습니다.

〈잠자는 숲속의 미녀〉에서 볼 수 있는 귀족적인 화려함과 우아함은 오로지 러시아 제국에서만 만들어질 수 있는 것이었습니다. 엄청난 인원수의 무용수들과 막대한 비용으로 완성된 〈잠자는 숲속의 미녀〉는 초호화 행사였던 것이죠. 당시 러시아 사람들은 안부 인사 대신 〈잠자는 숲속의 미녀〉에 대한 이야기를 나눌 정도로 이 발레를 전폭적으로 지지했습니다.

역사상 가장 화려했던 궁정의 모습을 재현한 발레 작품이자 현란한 테크닉들로 이루어진 춤, 여기에 차이콥스키의 감미로운 선율까지…. 이렇게 〈잠자는 숲속의 미녀〉는 클래식 발레의 이상을 모두 담고 있기에 발레의 백과사전이라 불린답니다.

Giselle

〈지젤〉

비련의 여주인공에서 숭고한 존재가 되기까지,
발레의 《햄릿》

22

＊

사랑하던 남자에게 이미 결혼을 약속한 여자가 있었다는 사실을 알게 된다면 어떤 기분일까요? 그런 상황을 접하고 충격으로 미쳐가다 결국 죽음에 이르게 되는 비련의 여주인공, 바로 지젤(Giselle)의 이야기입니다.

독일 라인 계곡의 어느 마을에 어여쁜 처녀 지젤이 살고 있었습니다. 그녀는 맞은편에 사는 로이스(Loys)라는 청년과 사랑하며 행복한 나날을 보내고 있었죠. 그리고 지젤을 짝사랑하던 또 다른 청년, 힐라리온(Hilarion)도 있었습니다. 그러던 어느 날 힐라리온은 로이스의 진짜 정체가 시골 청년이 아닌 귀족 계급의 알브레히트(Albrecht)라는 사실을 알게 됩니다. 신분 제도가 있던 시대였기에, 알브레히트가 귀족이라는 사실은 지젤과 사랑할 수 없는 사이임을 의미하는 것이었습니다. 엎친 데 덮친 격으로 사냥을 온 귀족 무리에서 알브레히트의 약혼녀인 바틸드(Bathilde)까지 등장합니다. 선천적으로 몸이 약했던 지젤은 이 사실을 모두 알게 되자 실연의 충격으로 엄마의 품에 안긴 채 숨을 거두고 맙니다.

남자의 배신과 여자의 죽음으로 끝나는 1막. 여기까지 보면 지젤은 그저 비련의 여주인공입니다. 그러나 이 발레의 진가는 2막에서 발휘돼요. 지젤은 죽어서 천상의 존재인 윌리(Wili), 즉 죽은 처녀의 영이 됩니다. 윌리들은 그들의 무덤가에 온 남자들을 죽을 때까지 춤을 추게 해 원한을 푼다고 해요. 지젤의 무덤을 찾아온 힐라리온은 윌리들의 첫 번째 희생양이 되고 맙니다. 한편 죄책감에 괴로워하던 알브레히트도 그녀의 무덤을 찾아옵니다. 그 역시 윌리들에 둘러싸여 죽음에 한 걸음 다가서는 듯했죠. 그러나 지젤은 자신의 사랑을 구하기 위해 혼신의 힘을 다합니다. 그녀는 날이 밝아 윌리들이 자신의 무덤으로 돌아갈 때까지 알브레히트의 곁을 지키며 함께 춤을 춤으로써 그를 구해냅니다. 그리고 지젤이 윌리들과 함께 사라지자 무덤 앞에서 울부짖는 알브레히트의 모습을 끝으로 〈지젤〉은 막을 내립니다.

비록 사랑에 버림받았지만 죽어서도 한 남자를 지켜내는 고귀한 존재인 지젤. 프랑스 출신의 무용가이자 안무가였던 쥘 페로가 안무한 〈지젤〉은 1841년 6월 28일 파리 오페라 극장에서 처음 공연됐습니다. 초연은 당연하게도 대성공이었습니다. 〈라 실피드〉와 함께 낭만주의 시대 발레를 대표하는 작품이지만, 다른 작품에 비해 유독 〈지젤〉은 150여 년이 지난 오늘날까지도 명실상부 낭만 발레를 대표하는 명작으로 많은 사랑을 받고 있습니다. 국립 발레단 역사 이래 국내에서 초연된 최초의 전막 클래식 작품도 〈지젤〉이었죠. 밝고 순박한 시골을 배경으로 하는 1막과 서늘한 윌리들의 세계를 보여주는 2막의 대비는 작품의 초현실적인 분위기를 강조합니다. 여기서 지젤은 지상의 존재와 천상의 존재를 동시에 연기하는 독보적인 캐릭터예요.

〈지젤〉의 모든 춤은 사랑스럽고 또 극적입니다. 그중에서도 특히 절대 놓쳐서는 안 될 몇 장면을 소개해드릴게요. 첫 번째는

1막에서 사랑에 상처받은 지젤이 미치는 장면입니다. 이 작품의 트레이드마크라고도 할 수 있는 장면이죠. 파국으로 치닫는 격정적인 지젤의 모습은 데이지 꽃잎을 하나씩 세어가며 사랑점을 치던 순박한 이미지와 대비를 이룹니다. 특히 이 장면에서 무용수는 테크닉뿐만 아니라 엄청난 연기력과 표현력을 발휘해야 합니다. 이 때문에 많은 발레리나가 도전하고 싶은 역할로 지젤을 언급하기도 해요. 그만큼 무용수마다 다른 연출과 해석이 돋보이는 부분이니, 지젤의 연기를 비교하면서 보는 것도 이 작품의 감상 팁이라 할 수 있습니다.

다음으로는 2막에서 윌리들의 여왕인 미르타(Myrtha)가 지젤을 불러들이는 장면을 들 수 있어요. '춤추어 보아라'라는 미르타의 명령에 따라 지젤이 아띠뛰드를 하면서 빠르게 회전합니다. 쿵짝짝 쿵짝짝, 경쾌하면서도 장중한 음악에 맞춘 지젤의 춤은 미르타가 불어넣은 초월적인 힘을 보여주는 극적인 장면입니다. 이 순간 지젤은 더 이상 인간이 아님을 선포하듯 빠르게 숲을 떠다닙니다. 윌리들의 군무도 빠뜨릴 수 없습니다. 순백색의 로맨틱 튀튀를 입은 수십 명의 발레리나들이 등장하는 발레 블랑입니다. 희미한 안개 속에서 윌리들은 겹겹이 쌓인 치마를 너울거리며 움직입니다. 윌리들의 춤은 한 폭의 인상주의 그림처럼 신비롭고 몽환적이라 그야말로 장관을 이루죠.

이 밖에도 1막의 포도 축제를 축하하며 추는 패전트 빠드두는 목가적인 분위기를 물씬 풍기며, 지젤의 솔로는 청순하고 사랑스런 그녀의 이미지를 강조합니다. 또 2막의 춤들은 슬픔에 가득 차 영묘한 것이 특징입니다. 서로를 만지지 못하고 가슴 아프게 엇갈리기만 하는 지젤과 알브레히트의 빠드두는 관객의 심금을 울리는 대목입니다. 부디 다음 생에는 행복하길 바랄 뿐이죠. 어쩌면 〈지젤〉에 등장하는 모든 춤을 설명하는 것보다 명장면을 꼽는다는 것이 더 어려운 일이지 않을까 싶습니다.

사실 죽어서 영혼이 되는 지젤과 그녀가 죽어서도 사랑을 지킨다는 설정은 너무 비현실적입니다. 그러나 현실을 등진 스토리 라인은 1800년대 초중반, 전 예술을 강타한 낭만주의의 영향을 받은 결과입니다. 〈지젤〉의 대본은 당시 낭만 시인이자 전기 작가, 발레 비평가로 활약하던 테오필 고티에(Theophile Gautier)가 쓴 것이었습니다. 고티에는 그의 뮤즈라 할 수 있는 발레리나 카를로타 그리지를 위해 대본을 썼습니다. 그리지를 찬미하며 그녀를 위해 새로운 역할을 구상하던 고티에는 독일 시인 하인리히 하이네(Heinrich Heine)가 쓴 독일 전설에 관한 연구서를 읽고 윌리 전설을 발레화하기로 합니다. 또 이야기의 도입부가 될 만한 1막은 빅토르 위고(Victor Hugo)의 '유령'이라는 시를 인용한 것인데, 이는 젊디젊은 미녀가 무도회에 갔다가 차가운 바깥 기온에 목숨을 잃는다는 내용입니다. 그렇지만 발레 대본에 서툴렀던 고티에는 브르노와 드 생 조르주(Vernois de Saint Georges)에게 자문을 구했고, 그는 고티에가 구상한 화려한 귀족 무도장 아이디어 대신 〈라 실피드〉처럼 보통의 농촌을 배경으로 바꿉니다. 더욱더 서정적인 대본이 완성된 것이죠.

끝으로 〈지젤〉을 이야기할 때 음악을 빼놓을 수 없습니다. 작곡가인 아돌프 아당(Adophe Charles Adam)의 음악은 이전까지 발레 음악이라는 것의 틀을 깨는 새로운 시도였습니다. 〈지젤〉 이

전의 발레 음악은 이야기의 진행이나 등장인물의 성격과는 그다지 관련이 없는 작은 리듬 음악을 모은 형태였습니다. 그러나 아당은 〈지젤〉에서 등장인물을 나타내는 데 정해진 선율을 사용해 라이트모티프(Leitmotiv)라 불리는 주제곡을 만들었습니다. 그리고 이를 이야기나 인물의 감정에 따라 변화시켰죠. 예를 들어볼게요. 〈지젤〉에서 가장 중요한 라이트모티프는 1막에서 지젤이 알브레히트와 사랑하는 장면에 흐릅니다. 둘이 처음 등장해 데이지 꽃으로 사랑점을 치던 바로 그 장면이죠. 이후 이 선율은 두 번 더 반복됩니다. 첫 번째는 1막 마지막을 장식하는 지젤의 매드신이고, 두 번째는 2막에서 윌리가 된 지젤과 알브레히트가 빠드두를 추는 부분이에요. 지젤이 가장 행복했던 순간을 표현한 선율이었기에, 음악의 반복이 실연의 아픔과 애절함을 배가시킵니다. 이렇게 아당의 음악은 작품 전체에 통일감을 주면서도, 인물의 감정에 더욱더 몰입하게 만들죠.

낭만 발레의 종합선물세트 같은 〈지젤〉. 이 작품은 초현실적인 분위기를 조성한 고티에의 대본, 무용수들의 테크닉만큼이나 감정선을 강조한 페로의 안무, 여기에 작품의 흐름을 효과적으로 표현한 아당의 음악이 함께 만들어낸 예술적 총체입니다. 무용수들에게는 뛰어난 기교만큼이나 폭넓은 감정 연기가 관건인 작품이죠. 비련의 여주인공에서 숭고한 존재가 되는 〈지젤〉의 극적인 구조는 발레의 《햄릿》으로 불릴 정도로 한시도 눈을 뗄 수 없게 만듭니다.

Tchaikovsky Pas de Deux
〈차이콥스키 빠드두〉

단짠단짠의 매력

23

*

이번에 소개해드릴 발레는 1960년에 만들어진 〈차이콥스키 빠 드두〉입니다. 이 작품을 맛으로 표현하자면, 달콤하면서도 짭조 름한 맛이 복합적으로 어우러진 '단짠단짠'이 생각납니다. 차이 콥스키라는 제목에서 연상할 수 있듯이, 전체적으로는 고전적 인 분위기의 달콤함이 감돌지만, 여기에 현대적인 감성이 가미 돼 세련미가 짭조름하게 느껴지기 때문입니다. 이번에는 이 작품 을 안무한 조지 발란신에 대한 소개로 시작해볼게요. 그에 대한 이해는 이 발레의 매력을 알아가는 데 꽤 적절할 것 같습니다.

예술에서는 아버지와 어머니가 참 많이 등장합니다. 바흐를 음악의 아버지, 헨델을 음악의 어머니라 부르는 것처럼요. 이는 그 분야에서 위대한 업적을 남긴 인물을 의미하는 표현이라고 할 수 있습니다. 〈차이콥스키 빠드두〉를 안무한 발란신 역시 미 국 발레의 초석을 다진 인물로서, 흔히 '미국 발레의 아버지'라 불립니다.

러시아 태생인 발란신은 일찍이 안무에 소질을 보였지만, 보 수적인 러시아 황실 발레단은 그의 작품을 탐탁지 않게 여겼습 니다. 발란신은 고전 발레를 혁신적으로 변화시키는 재주가 남 달랐거든요. 그리하여 발란신은 이십 대부터 러시아를 떠나 서 유럽에서 순회공연을 하게 됩니다. 이후 1933년, 발란신은 미국의 부유한 집안 출신의 엘리트이자 발레 애호가였던 링컨 커스틴(Lincoln Kirstein)의 초빙으로 미국으로 건너오게 됩니다. 발란신은 발레의 불모지였던 미국에서 20세기를 강타할 새로운 발레를 구축했죠.

발란신의 새로운 발레는 도대체 어떤 것이었을까요? 그에게 미국의 첫인상은 활기차고 역동적인 신대륙의 모습이었습니다. 뉴욕 맨해튼을 가득 메운 고층 빌딩 사이로 바쁘게 움직이는 미국인의 생활 템포는 발란신에게 유럽과 확연히 다른 새로운 광경이자 현대적인 것으로 다가왔습니다. 또 당시 미국에서 새로이 등장한 예술 형태에도 영향을 받았습니다. 미국의 예술은 다인종·다문화 사회답게 대중적인 것이 가장 큰 특징이었습니다. 쉬운 예로 미술에서는 팝아트(pop art), 음악에서는 재즈나 뮤지컬 등을 떠올릴 수 있어요.

미국의 빠른 생활 템포, 그리고 대중에게 친숙한 예술 경향에 강하게 매료된 발란신은 이러한 감성을 발레에 적절히 녹여 냈습니다. 그러나 러시아에서 나고 자란 그에게 고전적인 발레의 가치는 존경할 만한 것이었습니다. 그 결과 발란신의 발레는 고전 발레의 기법과 빠르고 쉬운 미국적 정서가 절묘하게 조화를 이룹니다. 즉, 클래식 발레라는 틀 안에서 이루어지지만, 장황한 서사는 과감히 없애고 동작의 현대적 변형을 줌으로써 춤의 다이내믹을 극대화시킨 것이죠. 신대륙의 현대적 감성을 반영한 발란신의 발레는 '미국적 신고전주의(American Neo-classicism) 발레'로 불리게 됩니다.

〈차이콥스키 빠드두〉는 이러한 발란신의 예술 철학을 가장 잘 담아낸 작품입니다. 춤의 형식과 음악 선곡이 그러하죠. 먼저 작품의 형식은 그랑 빠드두를 따르고 있습니다. 혹시 클래식 발레를 보다가 춤이 끝난 것 같은데 발레리노가 천천히 걸어가 다시 춤을 추고, 또 끝났다 싶으면 발레리나가 춤을 춰 줄거리와 연관성이 떨어진다는 생각을 하지 않았나요? 이처럼 남녀의 듀엣 - 여자 솔로 - 남자 솔로 - 남녀의 듀엣 순으로 진행되는 그랑 빠드두는 스토리의 범주를 탈피한 순수한 춤의 영역으로, 러시아 발레를 세계 최고로 만든 마리우스 프티파의 업적입니다. 따라서 그랑 빠드두 형식으로 안무한 발란신의 〈차이콥스키 빠드두〉는 발레의 형식 그 자체의 아름다움을 제시하고자 한 안무가의 의도를 담고 있습니다.

또 이 작품에 사용된 차이콥스키의 음악도 같은 맥락으로 볼 수 있어요. 차이콥스키는 그의 3대 발레 음악이 모두 프티파와 함께 작업한 것인 만큼, 러시아 발레의 또 다른 공로자이죠. 사실 〈차이콥스키 빠드두〉의 곡은 1877년 볼쇼이 극장에서 〈백조의 호수〉가 초연됐을 때, 차이콥스키가 3막 흑조의 춤을 위해 작곡한 것이었습니다. 하지만 초연 이후 이 음악이 흑조의 교활하고 화려한 성격에 비해 너무 서정적이라는 이유로 새로운 곡으로 대치되었고, 그로 인해 원래의 이 음악은 잊히게 됐어요. 영원히 사장될 위기에 처해 있었던 이 곡은 칠십여 년 만에 발란신에 의해 새로운 발레를 만나게 됐습니다. 바로 〈차이콥스키 빠드두〉라는 이름으로요. 이렇게 〈차이콥스키 빠드두〉는 발란신의 예술적 뿌리인 고전 발레로부터 출발하고 있습니다.

음악과 춤 형식을 살펴보다 보니 〈차이콥스키 빠드두〉는 차이콥스키와 프티파에 대한 발란신의 헌사라는 생각이 듭니다. 그렇지만 이 작품에는 발란신이 구축한 미국적 발레의 특징도 아주 잘 드러납니다. 우선 움직임이 빠르게 진행돼 박진감이 넘쳐요. 이 속도감은 클래식 발레의 기본 문법을 잘게 분절했기 때문입니다. 예를 들어볼게요. 클래식 발레에서는 큰 동작을 수행할 때 일종의 발돋움과 같은 준비동작이 있습니다. 공중에서 180도로 다리를 벌리며 크게 뛰는 쥬떼(jeté)를 완성하기 위해 똥베(tombé) - 빠 드 부레(pas de bourrée) - 글리싸드(glissade) 같은 작은 스텝이 먼저 진행되는 것이죠. 하지만 발란신은 이러한 일련의 준비동작을 없애고 하나의 큰 동작에서 또 다른 큰 동작을 바로 이어 붙였습니다. '글리싸드 - 쥬떼 - 글리싸드 - 쥬떼'와 같은 식으로요. 음악의 리듬 역시 매우 작게 절분해 한순간에 많은 동작이 들어가 있습니다. 이렇게 많은 움직임이 바로바로 이어지니 지루할 틈이 없습니다.

대표적으로는 피시 다이브(fish dive)가 있어요. 이 테크닉은 물고기가 물에 뛰어드는 형상과 닮아 붙은 이름입니다. 화려한 리프트 동작 중 하나로 고전 발레에서 자주 등장하죠. 그러나 같은 동작이어도 고전 발레 작품과 〈차이콥스키 빠드두〉에는 큰 차이가 있습니다. 먼저 〈호두까기인형〉이나 〈잠자는 숲속의 미녀〉와 같이 고전 발레 작품에서는 남자가 여자를 머리 위까지 리프트해 무용수 신체의 중심점을 찾은 뒤 피시 다이브 테크닉을 선보입니다. 혹은 회전의 원심력을 이용하기도 하죠. 하지만 〈차이콥스키 빠드두〉에서는 선행 동작 없이 점프 한 번에 '짠' 하고 피시 다이브를 완성해요. 이 작품의 상징과도 같은 피시 다이브는 코다에서 반복적으로 등장합니다.

〈차이콥스키 빠드두〉에는 복잡한 줄거리와 캐릭터가 없습니다. 춤의 향연을 그랑 빠드두라는 전통적인 액자에 담아낸 추상 작품이라 할 수 있어요. 그러니 그저 8분간 펼쳐지는 남녀 두 무용수의 단정하지만 세련된 춤을 즐기면 됩니다. 고전적인 분위기에서 느껴지는 달달함에 세련된 현대적 감성이 짭조름하게 섞여 있는 단짠단짠의 매력. 여러분도 푹 빠져보길 바랍니다.

Carmen

〈카르멘〉

발레 무대를 뒤집어놓은 파격적 반항

24

＊

매력적인 미모를 겸비하고 자유분방한 연애관으로 남자를 농락하는 집시 여인 카르멘(Carmen). 그녀는 전형적인 팜므파탈이죠. 그리고 그녀에게 빠져 파멸해가는 불쌍한 남자는 돈 호세(Don José)입니다. 폐인이 된 돈 호세와 그에 의해 죽는 카르멘의 이야기에는 사랑이 주는 격렬함과 무모함이 한가득 담겨 있습니다. 남녀 관계의 본성을 비극적으로 강조한 이 막장 스토리라인은 어떻게 발레화 됐을까요?

발레 〈카르멘〉을 안무한 롤랑 프티(Roland Petit)는 20세가 되던 1944년, 파리 오페라 발레단을 떠나서 야심차게 경력을 쌓기 시작합니다. 〈카르멘〉은 그가 1949년에 런던에서 초연한 작품이죠. 당시 치명적인 매력의 소유자인 카르멘 역은 지지 장메르(Zizi Jeanmaire)가 맡았는데, 훗날 그녀와 프티는 서로의 예술과 인생의 동반자가 됩니다.

프티의 〈카르멘〉에는 1845년 발표한 프로스페르 메리메(Prosper Mérimée)의 중편소설과 1875년 작곡된 조르주 비제(Georges Bizet)의 오페라 음악이 어우러져 있습니다. 비제의 오페라는 초연 당시에 전통적인 여성상과 거리가 먼 카르멘의 성격으로 인해 환영받지 못했다고 합니다. 오페라 속 카르멘은 원작인 문학 작품에 비해 상당히 미화된 것이었는데도 말이죠.

그러나 프티와 장메르는 〈카르멘〉을 통해 모던 발레의 시대를 여는 예술가로 국제적인 주목을 받기 시작합니다. 장대한 서사는 추상적인 장면들로 압축하고, 음악의 독특한 매력을 십분 활용해 이전 작품들과는 차별된 모던 발레 작품을 탄생시킨 것이죠. 더불어 무대 위에서 담배를 피우는 카르멘의 도발적인 이미지는 중성적이면서도 열정적인 연기를 보여준 장메르에 의해 활력을 찾았고, 영화에서 많은 영감을 받은 프티의 발레는 고고한 고급 예술이 아닌 대중문화의 생생함에 더 가까웠습니다. 즉, 프티의 〈카르멘〉의 성공 포인트는 진취적인 장면 구성과 저돌적인 표현에 있습니다.

발레 〈카르멘〉은 약 40분가량의 러닝타임을 갖는 단막 작품이며, 몇 가지 장면으로 구성 및 전개됩니다. 작품의 첫 장면은 스페인 남서부에 위치한 세비야의 광장입니다. 한 여성과 격렬한 싸움을 벌이고 있는 집시 여인 카르멘이 보이고, 군인인 돈 호세가 나타나 싸움을 중재합니다. 카르멘은 상대에게 치명적인 상처를 입힌 죄로 연행될 상황이지만, 이에 아랑곳하지 않고 장난스럽게 도망칩니다. 광장에 모인 군중들이 '아라고네즈' 음악에 맞춰 활기찬 춤을 추면, '하바네라' 음악에 호세의 솔로가 이어집니다. 그리고 카르멘의 솔로가 그녀의 관능적이고 농염한 매력을 살려주죠. 이 과정에서 카르멘과 호세의 관계는 깊어집니다.

다음 장면은 카르멘의 침실입니다. 의자에 앉아 관능적인 카르멘의 춤을 지켜보는 돈 호세. 이어지는 둘의 빠드두는 사랑의 달콤함이 느껴지면서도 에로티시즘의 극치를 보여주는 춤으로 이 작품의 하이라이트라 할 수 있습니다. 마지막 포즈는 잊을 수 없는 명장면을 선사하죠. 빠드두가 끝나면 카르멘의 친구들이 등장하고, 카르멘과 돈 호세는 친구들과 함께 밖으로 나갑니다. 늦은 밤, 카르멘과 친구들은 길거리를 지나가던 사람을 강탈할 작정이었지만 돈 호세는 실수로 그만 그를 죽이고 맙니다. 이를 본 카르멘과 친구들은 돈 호세를 피해 도망치죠.

경기가 한창인 투우장 밖에서 마지막 장면이 벌어집니다. 우리에게 매우 익숙한 음악 '투우사의 노래'가 흐르면 경기를 보러 몰려든 관중들 사이로 인기 있는 투우사가 등장합니다. 스페인 풍속에 충실한 이국적인 무대가 펼쳐져요. 이때 투우사를 유혹하고 있는 카르멘을 본 돈 호세는 이성을 잃고 그녀에게 달려듭니다. 카르멘을 소유하고 싶은 돈 호세와 그를 뿌리치는 카르멘. 마치 투우사와 소의 싸움을 연상시키듯 폭력적인 둘의 빠드두는 바로 전 침실에서 추었던 관능적인 춤과 대조를 이룹니다. 결국 카르멘은 돈 호세에 의해 단검에 찔려 죽음을 맞이하고, 무대 중앙에는 살인자로 전락한 돈 호세만 남겨진 채 막을 내립니다.

가질 수 없는 여자를 죽인 남자와 사랑하는 사람을 외면한 죄로 죽음을 맞이한 여자. 이렇듯 프티의 〈카르멘〉은 사랑이라는 감정을 이유로 비극을 맞이한 남녀의 최후를 보여줍니다.

사실 국내 관객들에게 발레 〈카르멘〉은 빨간 튜닉을 입고 추는 카르멘의 솔로가 더 유명합니다. 이 춤은 갈라 공연에서 자주 등장하면서 전막 〈카르멘〉을 대표하고 있지만, 정작 프티의 작품에서 이 춤은 찾아볼 수 없습니다. 바로 쿠바 출신의 안무가인 알베르토 알론소(Alberto Alonso)가 새롭게 안무한 것이기 때문입니다. 이 유명한 솔로는 1967년 볼쇼이 발레단에서 초연한 알론소의 〈카르멘〉에서 작품의 시작과 함께 카르멘이 처음 등장할 때 추는 춤입니다. 알론소는 프티의 작품에서 세비야 광장의 군중들이 의자를 현란하게 돌리며 췄던 '아라고네즈' 음악을 사용해 카르멘의 성격을 강조한 솔로를 만들었습니다. 즉, 프티의 〈카르멘〉이 남녀의 에로티시즘을 강조했다면, 알론소는 카르멘이라는 여성의 성격에 집중한 것이 두 작품의 차이입니다.

롤랑 프티의 〈카르멘〉은 무대 위에서 담배를 피우고 몸싸움을 벌이는 것도 모자라 수위 높은 장면들로 가득합니다. 단적으로 말해 클래식 발레에서 볼 수 있는 우아하고 청순가련한 발레리나는 온데간데없죠. 프티의 맹렬한 시도는 낭만적인 발레 무대를 거부한 파격적인 반항이었습니다. 이에 힘입어 알론소의 〈카르멘〉은 죽음도 불사하는 의기양양한 여성 캐릭터를 고착시킬 수 있었고요. 위험하지만 그만큼 매혹적인 카르멘의 매력, 그녀를 통해 발레 무대는 독특한 볼거리를 더합니다.

Coppélia

〈코펠리아〉

코펠리아, 그녀의 정체는?

25

＊

인간이 만든 인공지능 컴퓨터가 스스로 지능을 갖추고는 인간을 말살시키기 위해 치열한 소탕전을 벌입니다. 꽤 익숙한 이야기지만 참 섬뜩하지 않나요? 영화 〈터미네이터〉의 내용입니다. "I'll be back."(다시 돌아오겠다.)이라는 유명한 대사를 남기며 SF 영화의 전설이 된 영화. 이 영화의 인기 비결은 아마 현대인들이 과학 기술에 대해 느끼는 호기심과 공포를 잘 반영하고 있기 때문일 거예요. 복제 인간이나 유전자 편집 기술의 가능성이 언급되는 오늘날 더욱더 주목을 받는 이야기죠. 그러나 이렇게 과학 기술에 대해 양가적인 감정을 느끼는 건 19세기 유럽인들도 마찬가지였어요. 이러한 시대정신이 반영된 발레 작품이 있으니, 지금 소개해드릴 〈코펠리아〉입니다.

1870년에 3막으로 초연된 〈코펠리아〉에서 코펠리아(Coppélia)는 사람이 아닌 기계인형입니다. 코펠리우스(Coppélius) 박사가 만든 예쁘장한 외모를 가진 인형이죠. 자동기계인형인 코펠리아는 18세기 말에서 19세기 초까지 유럽에서 유행했던 오토마타(automata)로, 이는 스스로 움직이는 기계를 뜻하는 '오토마톤(automaton)'의 복수형입니다. 쉬운 예로 정각이 되면 뻐꾸기 인형이 튀어나오는 벽시계 정도를 생각하면 될 것 같아요. 그러나 코펠리우스 박사는 어딘지 음침하고 엉뚱해 마을에서 미치광이 취

급을 받는 캐릭터로 묘사됩니다. 그의 미스터리한 분위기는 과학과 기술에 대해 19세기 사람들이 느꼈던 흥미와 불신이 반영된 것이죠.

이 작품은 연인인 프란츠(Franz)와 스와닐다(Swanilda)가 코펠리아를 사람으로 착각해 벌어지는 해프닝을 유쾌하게 그리고 있습니다. 작품의 줄거리를 구체적으로 살펴볼게요. 1막은 폴란드 갈리치아 지방에 있는 한 마을에서 시작합니다. 생기발랄하고 모험심 가득한 소녀 스와닐다에게는 애인 프란츠가 있습니다. 그러나 그녀는 최근 코펠리우스 박사의 딸로 추정되는 코펠리아에게 프란츠가 관심을 보여 심기가 불편합니다. 코펠리아는 여자가 봐도 예쁘지만, 아무리 인사를 해도 받아주지 않는 새침데기거든요. 결정적으로 스와닐다는 연인의 마음이 변하지 않았음을 소리 내어 알려준다는 보리 이삭이 전혀 소리를 내지 않자 프란츠를 의심해 그와 다투게 됩니다. 그날 밤, 스와닐다와 친구들은 코펠리우스가 실수로 떨어뜨린 집 열쇠를 발견해 그의 집을 염탐하기로 합니다. 프란츠 또한 호기심에 코펠리우스 집에 숨어들어가죠. 이 집에서는 과연 무슨 일이 일어날까요?

코펠리우스의 집에서 시작된 2막. 스와닐다와 친구들은 어둑어둑한 실내에서 사람 크기의 인형들과 마주합니다. 한참 신기해하던 사이, 마침내 그들은 발코니에 있던 코펠리아의 정체가 기계인형임을 알게 됩니다. 이 사실을 모르는 코펠리우스는 집에 돌아와 코펠리아에게 생명을 불어넣어 살아 있는 소녀로 만들겠다는 생각을 합니다. 하지만 이 괴짜 박사가 펼친 마법 주문책에는 인형에게 숨을 불어넣기 위해서는 살아 있는 사람의 영혼이 필요하다고 적혀 있었습니다. 이때 집에 숨어들어온 프란츠는 엉뚱하게도 박사에게 코펠리아와 결혼하고 싶다고 인사를 합니다. '옳다구나' 싶은 코펠리우스는 그에게 수면제를 먹여 재운 상태에서 코펠리아에게 줄 영혼을 뽑아내려고 합니다. 그러나 그가 마술을 부리기 위해 꺼내온 코펠리아는 다름 아닌 코펠리아의 옷을 입고 잠입하고 있던 스와닐다였죠. 그녀가 코펠리아처럼 부자연스럽게 움직이자 코펠리우스는 자신의 연금술적 실험이 성공한 것으로 착각해 감격합니다. 코펠리우스를 놀리는 재미에 푹 빠져 있던 스와닐다는 잠들어 있는 프란츠를 발견합니다. 그리고 그를 깨워 같이 도망쳐 나오죠. 벌거벗은 코펠리아를 보고 코펠리우스는 망연자실합니다.

3막에서는 화해한 프란츠와 스와닐다의 결혼식이 진행됩니다. 자신의 집을 어지럽히고 인형들을 망가뜨린 일로 단단히 화가 난 코펠리우스가 스와닐다에게 손해 배상을 요구하지만, 이는 해프닝으로 마무리되고 마을 전체는 경쾌한 축제 분위기 속에서 행복한 결말을 맞이합니다.

인형을 사람으로 착각해 일어난 소동이 엉뚱하지만 귀엽지 않나요? 이 이야기는 1816년에 출간된 독일 낭만주의 대표 작가 에른스트 호프만(Ernst Hoffmann)의 소설 《모래사나이Der Sandmann》를 모티브로 하고 있습니다. 굉장히 어둡고 기괴한 내용의 소설이죠. 하지만 샤를르 뉘테르(Charles Nuitter)가 이를 발레에 맞게 각색했고, 레오 들리브의 경쾌하면서도 극적인 스타일의 음악과 아르튀르 생 레옹(Arthur Saint-Léon)의 눈부신 안무가 어우러져 활기차고 밝은 발레로 다시 태어났습니다. 자동기계인형, 즉 오토마타가 문학 작품과 발레의 유일한 연결 고리예요.

　오토마타 이외에도 〈코펠리아〉에는 당시 사람들이 좋아하던 요소들이 많이 반영됐습니다. 먼저 이국에 대한 유럽인들의 관심입니다. 코펠리우스 박사의 집에 늘어선 사람 크기의 인형들이 세계 각국의 민속 의상을 입고 있거든요. 체크무늬의 주름치마인 킬트를 입은 스코틀랜드 인형, 플라멩코 치마에 부채를 들고 있는 스페인 인형, 화려한 귀금속과 깃털로 장식한 터번을 두른 아랍 인형, 강시 모자를 쓴 중국 인형에 이르기까지 종류도 매우 다양합니다. 이국에 대한 관심은 춤에도 영향을 미쳤습니다. 2막에서 스와닐다가 코펠리아를 흉내내며 스페인의 볼레로(Bolero)나 스코틀랜드의 지그(Jig) 등을 추는 장면이 있고, 3막에서는 폴란드의 마주르카, 헝가리의 차르다시 그리고 슬라브(Slav) 민요에 맞춰 추는 춤도 볼 수 있어요.

　작품에 얽힌 흥미로운 이야기도 있습니다. 이 작품이 초연됐을 때 외제니 피오크르(Eugénie Fiocre)라는 프랑스 출신의 발레리나가 프란츠 역을 맡았습니다. 즉, 발레리나가 남장을 한 것이죠. 이는 당시 관객들이 발레 무대에서 여성 무용수만 보길 원했기 때문입니다. 남성 무용수들은 주로 코펠리우스 박사처럼 춤의 비중이 적은 역할을 맡았다고 합니다. 발레리나에 대한 당시 관객들의 사랑은 숭배에 가까울 정도였죠. 발레리나가 남장을 했다는 건 현대의 시각에서 참 아이러니하지만, 그 매력은 상당했나 봅니다. 파리 오페라 발레에서는 무려 1950년대까지 프란츠 역을 남장 여성 무용수가 맡았다고 하니까요.

　이렇게 〈코펠리아〉에는 오토마타, 이국, 발레리나에 대한 동시대 관객들의 취향이 담겨 있습니다. 그러나 이러한 요소들은 수십 년 전부터 이어져온 관심거리이기도 했습니다. 특히 이국에 대한 호기심과 발레리나가 누린 인기는 낭만 발레 시대부터 찾아볼 수 있어요. 프랑스에서 만들어진 발레 작품들의 낭만주의적 흐름이 지속된 가운데 1870년에 등장한 〈코펠리아〉는 낭만주의가 쇠퇴기로 접어드는 과도기의 작품입니다. 이후 발레의 중심이 러시아로 이동하면서 〈코펠리아〉는 마지막 프랑스 낭만 발레로 기록됐죠. 이러한 영향으로 〈코펠리아〉는 예술적 측면에서는 다소 어수선한 작품으로 평가되기도 합니다. 하지만 그럼에도 불구하고 이전 작품들과 확연히 구분되면서도 오늘날까지 꾸준히 사랑받는 작품이 된 데는 자동기계인형이라는 재미있는 소재가 한몫했습니다.

이를 증명할 만한 따끈따끈한 소식이 있습니다. 2019년 말 장 크리스토프 마이요(Jean Christophe Maillot)가 창작한 새로운 코펠리아입니다. 몬테카를로 발레단(Monte-Carlo Ballet)을 위해 제작한 마이요의 〈Coppél-I.A〉에서 코펠리아는 인공지능을 가진 안드로이드로 등장합니다. 이 작품은 스와닐다와 프란츠가 진보한 사회 안에서 성스러운 사랑을 발견한다는 내용을 담고 있다고 해요. 인공지능 코펠리아라니, 여기서 우리는 150년 동안 기술이 얼마나 많이 발전했는지 가늠할 수 있습니다. 미래의 코펠리아는 어떤 모습으로 우리를 놀라게 할까요?

The Flames of Paris

〈파리의 불꽃〉

스탈린이 가장 좋아했던 발레

26

＊

학부 시절 호기심에 철학 동아리에 가입한 적이 있습니다. 그때 자기소개 시간에 이런 질문을 받았죠.

"예술은 ○○○다."

여러분에게 예술은 무엇인가요? 학생들이 나름대로 진지한 답들을 주고받던 중, "예술은 곧 나다"라고 했던 유쾌한 표현이 기억납니다. 그리고 제 대답은 이러했습니다.

"예술은 절대 순수하지 않다."

지금 생각해보니 스무 살짜리가 절대라고 강조까지 하며 왜 그렇게 냉소적이었는지 낯부끄럽습니다. 하지만 발레의 역사를 공부하면 할수록, 예술 자체로서 예술적 동기가 되는 그런 순수 예술과 발레는 서로 멀어지기만 했습니다. 발레는 그 시대의 사회나 문화, 심지어 정치적인 요소들에 의해 탄생하고 규정됐기 때문입니다.

그런 의미에서 〈파리의 불꽃〉은 과연 발레가 순수한 예술 인지, 나아가 예술이란 무엇인지 생각해보게 만드는 작품입니다. 일단 이 작품은 1789년 프랑스 시민혁명 자체를 다룬다는 점에서 기존의 발레와 확연히 다릅니다. 즉, 〈라 실피드〉의 실피나 〈지젤〉의 윌리처럼 신비로운 존재가 등장하지 않습니다. 또 〈잠자는 숲속의 미녀〉의 오로라나 〈백조의 호수〉의 오데트 같은 왕자와 공주도 없죠. 〈파리의 불꽃〉은 말 그대로 자유와 평등을 외치던 민중들이 바스티유 감옥을 습격한 역사적 사건, 그리하여 절대 왕정이 무너지고 시민 사회가 등장한 프랑스 대혁명이 주된 스토리입니다.

이러한 정치적인 이야기가 과연 발레와 어울릴까요? 답은 이 발레가 만들어진 시대적 배경에 있습니다. 〈파리의 불꽃〉은 1932년 11월 7일 레닌그라드의 키로프 발레단에 의해 초연됐습니다. 오늘날의 명칭으로 말하자면 상트페테르부르크의 마린스키 발레단입니다. 초연 당시 이 작품은 대성공을 거둡니다. 마치 볼셰비키 혁명의 15주년을 기념하듯, 프랑스 혁명을 그린 이 작품의 무대는 볼셰비키 혁명을 자축하고 정당화하기 위함에 손색이 없었죠. 이상적 사회를 향한 시민들의 투쟁과 혁명의 승리, 이는 소비에트의 이념을 충실히 구현한 작품이었습니다.

프랑스 작가 펠릭스 그라스(Félix Gras)의 소설에 착안해 탄생한 〈파리의 불꽃〉은 훗날 볼쇼이 발레단의 감독이 될 바실리 바이노넨(Vasily Vainonen)의 안무와 소비에트 작곡가 중 한 명인 보리스 아사피예프(Boris Asafyev)의 음악으로 완성됐습니다. 초연 당시 4막 7장이었지만, 2008년 안무가 알렉세이 라트만스키(Alexei Ratmansky)는 2막으로 복원 및 수정했습니다. 라트만스키의 〈파리의 불꽃〉은 볼쇼이 발레단의 대표 레퍼토리로 자리 잡으면서 현재까지 활발히 공연되고 있습니다. 영상물로도 제작됐죠. 라트만스키는 이 작품을 시대에 맞게 변형하면서도 혁명이라는 골격은 유지시켰습니다. 이제 줄거리를 읽으실 때는 최초의 사회주의 국가에서 만들어진 발레라는 점을 잊지 마세요.

배경은 프랑스 마르세유 지역. 주요 등장인물은 민중과 귀족의 대립된 두 진영으로 나뉩니다. 민중 진영에는 오누이 사이인 잔(Jeanne)과 제롬(Jerome) 그리고 잔의 연인인 의용군 필리프(Philippe)가 있습니다. 귀족 진영에는 코스타(Costa) 후작과 그의 딸인 아델린(Adeline)이 있죠. 또 작품의 시대적 배경이 프랑스 혁명인 만큼 루이 16세(Louis XVI)와 왕비 마리 앙투아네트(Marie Antoinette)도 등장합니다.

1막에서는 코스타 후작이 잔을 겁탈하려다 제롬에게 저지당하는 상황이 벌어집니다. 이 일로 후작의 미움을 받게 된 제롬은 감옥에 갇히게 됩니다. 이후 후작의 딸인 아델린의 도움으로 감옥에서 풀려난 제롬은 귀족에게 분노해 잔과 함께 혁명군에 가입하고 파리로 진군합니다. 뒤이어 루이 16세와 마리 앙투아네트가 있는 궁전으로 장면이 전환됩니다. 연회가 한창인 이곳에서는 발레 〈리날도와 아르미다Rinaldo and Armida〉가 공연되고 있습니다. 춤 속의 춤, 즉 액자식으로 구성된 이 발레는 루이 13세(Louis XIII) 치하에 초연된 작품입니다. 이는 마녀 아르미다로부터 예루살렘을 구하는 리날도의 이야기로, 절대 왕권으로 향하는 루이 13세의 정치적 메시지가 암시돼 있는 작품입니다.

발레가 공연되는 동안 드디어 혁명군의 반란이 시작되면서 2막이 열립니다. 배경은 파리의 광장. 혁명군은 궁을 공격하고 공화정을 선포합니다. 그리고 궁에서 빠져나온 아델린과 제롬이 재회하며 서로의 사랑을 확인하죠. 자유를 외치는 민중들의 춤이 이어지고, 잔과 의용군 필리프는 사람들의 축복 속에 부부의 연을 맺습니다. 하지만 후작과 함께 아델린이 단두대에서 처형당하자 제롬은 그녀의 죽음을 비통해합니다. 그의 슬픔을 뒤로한 채 〈파리의 불꽃〉은 혁명에 성공한 파리의 시민들이 구시대의 청산을 기뻐하는 장면으로 끝이 납니다.

라트만스키의 〈파리의 불꽃〉은 원작인 바이노넨의 버전과 달리 제롬과 아델린, 그리고 잔과 필리프의 러브스토리가 삽입된 것이 특징입니다. 그 결과 사회주의 사상의 강조보다는 인물들의 애정과 갈등이 한층 더 뚜렷해졌죠. 하지만 이 작품의 주인공은 여전히 혁명에 가담했던 시민들인 상퀼로트(sans-culottes)입니다. 따라서 의용군의 진격과 궁의 함락, 귀족들의 처형과 시민들의 승리라는 굵직한 줄거리에 따라 민중들의 춤이 다채롭게 전개됩니다. 프로방스 지방의 민속춤인 파랑돌(farandole)과 혁명 당시 민중들이 춘 카르마놀(carmagnole) 그리고 바스크(basque) 춤이 대표적이라 할 수 있어요.

소비에트 이념을 충실히 구현한 〈파리의 불꽃〉. 이 발레는 스탈린이 생전에 가장 좋아한 작품이라고 합니다. 〈파리의 불꽃〉이 소련의 최고 지도자의 각별한 사랑을 받았던 이유는 이 작품이 혁명 선전물로서의 역할을 착실히 수행했기 때문이었죠. 때마침 소비에트 산하의 발레는 철저히 민중을 계몽시키기 위한 도구로 사용되고 있었거든요.

그런데 왜 하필 발레가 정치적 도구로 사용됐을까요? 이는 다른 장르의 예술과 비교해보면 어렵지 않게 짐작 할 수 있습니다. 먼저 발레는 연극과 오페라와 달리 언어가 필요 없습니다. 따라서 발레는 문맹과 지식인의 구분 없이 모든 계층이 쉽게 이해할 수 있는 장르였죠. 또 악보처럼 온전한 형태의 기록물이 남지 않아 비밀리에 전달될 수도 없거니와 스토리라는 강력한 장치가 있어 통제 자체가 매우 쉬웠습니다. 추상적인 동작은 줄거리의 속박 속에서 구체화되니까요. 무엇보다 발레는 예술가 한 명의 작업이 아닙니다. 여러 분야가 공개적으로 협동하는 장르이기에 반체제적인 메시지를 전달하는 것이 사실상 불가능하죠. 이쯤 되고 보니 발레는 애초에 정치적 도구라는 운명을 타고난 것이나 다름없어 보입니다.

"민중에게 예술을"이라는 슬로건은 〈파리의 불꽃〉이 탄생한 당시의 상황을 잘 대변해줍니다. 하지만 정치적 요소와는 무관하게 오늘날에도 이 발레를 볼 수 있다는 점이 흥미롭습니다. 특히 국내외에서 이루어지는 갈라나 콩쿠르에서 〈파리의 불꽃〉 중 잔과 필리프의 빠드두는 자주 공연되죠. 전막을 복원한 라트만스키는 예술은 시대의 변화에 따라 부응해야 한다는 것을 주장합니다. 재해석을 통해 충분히 공감과 즐거움을 불러일으킬 수 있다는 의미죠. 이렇게 사상적 강제성이 제거돼 다시금 무대로 소환된 〈파리의 불꽃〉. 과연 21세기를 살아가는 우리에게 이 발레는 어떻게 다가올까요?

Paquita

〈파키타〉

아, 이런 내용이었어?

27

＊

〈파키타〉에 등장하는 바리에이션은 어떤 콩쿠르에서든 절대 빠지는 법이 없습니다. 파키타 아다지오, 파키타 베스탈카, 파키타 보석, 파키타 아라베스크 등은 여자 솔로 작품으로 자주 등장하는 단골 레퍼토리입니다. 여기에 남자 솔로는 물론 빠드트로와와 그랑 빠드두까지 정말 많은 춤이 인기 있습니다. 이에 비해 작품의 전막은 공연 기회가 흔치 않기 때문에 많은 분이 궁금해하는 작품 중 하나일 거라 짐작돼요. 도대체 파키타는 누구일까요? 또 이 작품의 줄거리는 무엇일까요? 그리고 왜 전막 공연이 잘 이루어지지 않는지도 궁금하지 않나요? 이제부터 작품을 둘러싼 다양한 의문점을 하나씩 풀어가보도록 하겠습니다.

흥미롭게도 〈파키타〉의 스토리 라인에는 사랑의 삼각관계와 살인미수 그리고 출생의 비밀이라는 어마어마한 설정이 있습니다. 먼저 이야기는 프랑스 점령하에 있는 19세기 초 스페인을 배경으로 펼쳐집니다. 여기서 파키타(Paquita)는 여주인공이자 아름다운 집시 소녀의 이름이죠. 그녀는 원래 프랑스 귀족의 딸이었지만, 어릴 적 집시들에게 납치되는 바람에 늘 자신이 누구인지 궁금해했습니다. 자신의 정체를 밝힐 수 있는 유일한 단서는 아버지 얼굴이 그려진 목걸이뿐이었어요.

한편 집시 무리의 대장인 이뇨고(Iñigo)는 파키타에게 사랑을 고백합니다. 하지만 그녀는 자신이 누구인지 알기 전까지는 사랑도, 결혼도 할 수 없다고 말하며 거절합니다. 그러던 어느 날, 파키타는 나폴레옹 군대의 젊은 장교인 루시엥(Lucien d'Hervil-ly)을 만나 사랑에 빠집니다. 그러나 루시엥은 이미 스페인 총독 로페즈(Governor Lopez)의 딸인 세라피나(Serafina)와 약혼한 사이였습니다. 게다가 귀족과 집시라는 신분 차이도 큰 걸림돌이었죠. 그럼에도 불구하고 서로를 향한 파키타와 루시엥의 마음은 깊어만 갔습니다. 이에 이뇨고는 질투심을, 총독 로페즈는 치욕감을 느끼죠. 결국 두 남자는 의기투합해 루시엥을 죽이려는 무서운 계획을 세웁니다. 하지만 이 계획을 우연히 엿들은 파키타에 의해 루시엥은 무사히 목숨을 건질 수 있게 돼요.

2막에서는 루시엥의 아버지인 데르벨리 장군(General d'Hervil-ly)이 주최한 기념식이 열립니다. 이는 그의 형이자 죽은 데르벨리 백작을 위한 행사였어요. 연회장에 모인 나폴레옹의 군인들과 스페인의 귀족들 무리 사이로 뒤늦게 도착한 루시엥과 파키타. 루시엥은 아버지에게 파키타가 생명의 은인이라며 자초지종을 설명하고, 파키타는 살인 계획을 주도한 범인이 로페즈임을 밝힙니다. 로페즈가 군인들에게 끌려가자 루시엥은 아버지에게 파키타와의 결혼을 승낙해달라고 요청합니다. 그러나 파키타는 자신이 집시라는 사실에 뒷걸음질치죠. 바로 이때, 그녀는 연회장에서 자신의 목걸이에서 보던 얼굴인 데르벨리 백작의 초상화를 발견합니다. 놀란 그녀는 목걸이를 보여주며 이 사람이 자신의 아버지라고 말합니다. 파키타의 정체는 잃어버렸던 데르벨리 백작의 딸이자 루시엥의 사촌이었던 것이죠. 이후 두 사람의 행복한 결말을 축하하는 잔치로 작품은 끝납니다.

〈파키타〉는 1846년 파리 오페라 발레단에 의해 초연됐습니다. 조제프 마질리에르(Joseph Mazilier)가 안무했고, 음악에는 에두아르 델드베즈(Édouard Deldevez)의 곡이 사용됐습니다. 초연 당시 파키타 역은 카를로타 그리지, 루시엥 역은 루시엥 프티파(Lucien Petipa)가 맡은 것으로 기록됩니다. 그리지는 〈지젤〉로 최고의 주가를 올리고 있던 스타 발레리나였고, 루시엥 프티파는 훗날 러시아 발레의 황금기를 이끌 마리우스 프티파의 친형이었습니다. 이 작품은 프랑스에서 1851년까지 공연됐다고 전해져요.

초연이 이뤄지고 바로 다음해인 1847년에 〈파키타〉는 러시아에서 공연됩니다. 러시아 공연 당시 루시엥 역에 마리우스 프티파가 출연한 것으로 알려져 있습니다. 이것이 프티파가 러시아에 첫선을 보인 공연이라 할 수 있어요. 이 공연을 계기로 그는 러시아에 정착하게 됐죠. 이후 러시아에서 프티파가 〈백조의 호수〉, 〈잠자는 숲속의 미녀〉, 〈호두까기인형〉과 같은 불후의 명작을 탄생시켰다는 사실을 떠올려볼 때, 〈파키타〉의 러시아 공연은 한 예술가의 인생은 물론 발레 역사에 결정적인 영향을 미친 대대적인 사건이라 생각됩니다.

1881년에 프티파는 러시아에서 〈파키타〉를 재안무합니다. 이때 루트비히 밍쿠스의 음악이 추가되고, 빠드트로와와 어린이들의 마주르카, 그리고 고전 발레의 전형을 따르는 그랑 빠 클래식(Grand Pas Classique)을 새로 삽입합니다. 이때는 프티파가 러시아 발레의 전권을 잡고, 고전 발레라 불리는 자신만의 발레 스타일을 구축해나간 시기라 할 수 있습니다. 프티파가 안무한

〈파키타〉는 원작의 전막 〈파키타〉가 사라지고 나서도 한참 뒤인 1926년까지 마린스키 발레단에서 공연됐다고 해요.

이후 러시아 출신의 무용수들이 프티파 버전을 세계 각국에서 공연하게 되면서, 오늘날 프티파의 〈파키타〉는 '파키타 그랑 빠 클래식'이라 불립니다. 전통적인 고전 발레의 초석을 다진 작품으로 평가되는 이 작품은 약 40분 정도 진행됩니다. 우리가 익히 아는 많은 춤들이 모두 여기서 등장하죠. 원작의 스토리상 파키타와 루시엥의 결혼을 축하하는 장면에 해당됩니다. 별다른 스토리는 없지만 고전적인 미학을 강조한 다양한 춤이 집결돼 있습니다. 그런 덕분에 '파키타 그랑 빠 클래식'은 해외 발레 학교나 국내 예술 학교의 정기 공연에서 자주 볼 수 있답니다.

2001년에 피에르 라코트는 원작 〈파키타〉를 부활시킵니다. 복원에 능통했던 그는 마질리에르가 안무한 팬터마임 순서와 미장센, 그리고 1881년 프티파가 안무한 작품들까지 모두 복원해냈습니다. 그리하여 현재 파리 오페라 발레단에서 공연되고 있는 라코트의 〈파키타〉는 묘한 매력을 지닙니다. 낭만적인 소재를 즐겼던 19세기 중반 파리지엥 감성과 러시아 황실 발레에서 구축된 정교함이 혼합됐다고 할까요? 전막 작품부터 전막보다 더 유명해진 개작에 이르기까지, 발레 〈파키타〉의 이면에는 발레의 중심지가 파리에서 러시아로 넘어가던 시기의 역사가 배어 있습니다.

Le Corsaire

〈해적〉

해적, 그들은 악당인가 영웅인가?

28

*

해적선을 타고 바다를 질주하는 해적. 이들은 엄밀히 말해 다른 배를 공격해 화물을 약탈하는 바다 강도입니다. 실제로 해적은 해상 무역으로 국가 간 경제 활동이 활성화된 시기에 가장 악명 높은 집단이었죠. 하지만 우리는 해적들에게 로망이 있습니다. 바다 위를 모험하며 부자들을 습격하는 용감한 다크 히어로 정도로 받아들이고 있죠. 애니메이션 〈원피스〉나 할리우드 영화 〈캐리비안의 해적〉이 떠오르지 않나요? 발레에도 해적의 모험담을 다룬 작품이 있습니다. 여기서 해적들은 악덕 부호의 노예가 될 뻔한 여인들을 구출하는 영웅으로 등장하죠.

발레 〈해적〉은 터키의 점령지였던 그리스의 이오니아 해안가를 배경으로 합니다. 작품의 대본은 영국의 시인인 고든 바이런(George Gordon Byron)이 1814년에 발표한 시극 《해적The Corsair》을 모티브로 합니다. 하지만 여주인공이 스스로 죽음을 택하는 문학 작품의 결말과는 달리, 이 발레는 아름다운 춤과 함께 일종의 소동극이 벌어지는 희극으로 재탄생됐습니다. 주요 등장인물은 해적들의 수장인 콘라드(Conrad), 그의 노예인 알리(Ali), 해적단의 2인자인 비르반토(Birbanto), 아름다운 그리스 소녀인 메도라(Medora)와 귈나라(Gulnara)가 있습니다. 조난당한 해적들의 모험과 시기, 질투가 그려지는 가운데, 콘라드와 메도라가 사랑을 이룬다는 내용이에요.

총 3막으로 구성된 이 작품은 여러 인물들이 등장하는 만큼 박진감 넘치는 전개가 흥미진진합니다. 가장 대중적인 버전을 기준으로 〈해적〉의 줄거리를 알아볼게요.

이 발레는 범선 한 척이 폭풍우에 난파되는 프롤로그로 시작합니다. 막이 오르면 바닷가에 쓰러져 있는 해적들이 등장합니다. 바로 콘라드, 알리, 비르반토 무리입니다. 그리스 소녀들이 등장해 조난당한 해적들을 도와줍니다. 그중 아름다운 소녀 메도라는 콘라드와 연정을 주고받지만, 터키 순찰병들이 나타나 소녀들을 노예 상인인 랑켄뎀(Lankendem)에게 넘깁니다.

다음 장면은 북새통을 이루는 노예 시장입니다. 터키 술탄에게 봉사하는 여인을 의미하는 오달리스크들의 춤이 등장하면서 무대는 이국적 분위기로 한껏 달아오릅니다. 뒤이어 유명한 상인 빠드두가 등장하죠. 랑켄뎀이 경매에 나온 귈나라를 소개하는 장면입니다. 귈나라를 본 악덕 부호 세이드 파샤(Seid Pasha)는 그녀를 보고는 한눈에 반해 곧바로 사들입니다. 이에 흡족한 랑켄뎀은 연이어 메도라를 소개합니다. 더욱 아름다운 메도라에 단번에 빠진 파샤는 흥분을 감추지 못하고 있죠. 하지만 이때, 상인으로 변장한 콘라드와 그의 부하들이 메도라와 소녀들을 구출합니다.

2막은 해적들이 숨어 있는 동굴입니다. 콘라드 일당과 소녀들, 그리고 함께 잡혀온 랑켄뎀이 보입니다. 여기서는 작품의 하이라이트인 콘라드와 메도라, 그리고 알리의 빠드트로와가 이어집니다. 이 춤에서 콘라드와 메도라가 서로의 사랑을 고백하는 동안, 알리는 콘라드의 충실한 부하가 될 것을 맹세합니다. 이윽고 메도라는 콘라드에게 나머지 소녀들을 집으로 돌려보내 달라고 부탁합니다. 이때 콘라드와 이인자인 비르반토 사이에 의견 차이가 생기면서 불안한 징조를 보이죠. 결국 콘라드가 소녀들을 돌려보내자, 이를 지켜본 랑켄뎀이 수면제를 뿌린 장미 꽃다발을 만들어 비르반토에게 보복을 부추깁니다. 이들의 계략을 알 리 없는 메도라는 그만 콘라드에게 문제의 꽃다발을 건네고 콘라드는 잠에 빠지고 맙니다. 메도라는 호시탐탐 기회를 노리고 있던 랑켄뎀에게 다시 한번 납치되고 말죠.

3막은 파샤의 궁전에서 시작합니다. 이곳은 꽃들과 분수가 있는 아름다운 정원이지만, 나라를 잃고 팔려 온 소녀들이 있는 하렘이기도 합니다. 귈나라의 춤을 즐기고 있던 파샤는 랑켄뎀이 데려온 메도라를 보자 기뻐하고, 귈나라와 메도라 두 여인은 슬픔을 달래며 함께 춤을 춥니다. 얼마 지나지 않아 우리의 영웅 콘라드가 등장합니다. 콘라드 무리는 또다시 메도라를 구출하기 위해 순례자로 변장했죠. 파샤와의 싸움에서 당당히 이긴 콘라드. 그는 메도라와 귈나라를 구하고 모험을 찾아 바다로 질주합니다.

발레 〈해적〉은 두 번의 구출 작전을 끝으로 행복한 결말을 맞이합니다. 스펙터클한 춤의 무대를 글로 표현하는 것은 분명 한계가 있지만, 줄거리 만으로도 이국적인 무대 배경과 용감무쌍한 해적들의 모습을 상상할 수 있을 거예요.

이국적인 그리스와 해적이라는 흥미로운 소재는 〈해적〉이 현재까지 인기 있는 레퍼토리로 이어진 이유이기도 합니다. 특히 갈라나 콩쿠르에서 빠지지 않죠. 자주 공연되는 몇 가지 춤만 언급하더라도, 오달리스크의 빠드트로와, 상인과 길나라의 빠드두, 콘라드·메도라·알리의 빠드트로와, 그리고 주인공들의 개성 넘치는 솔로까지 정말 많은 춤이 따로 발췌돼 널리 공연되고 있습니다. 그 결과 전막 공연 기회가 흔치 않음에도 불구하고 작품 안의 일부 춤은 〈백조의 호수〉나 〈돈키호테〉 못지않게 유명합니다. 이 유명세로 견줘볼 때, 전막 공연을 찾아보기 힘들다는 점은 조금 의외라는 생각이 들어요.

이렇게 된 이유를 하나로 단정 지을 수는 없지만, 이 작품이 거쳐온 변화무쌍한 역사는 여러 궁금증을 해소하는 데 약간의 도움이 될 것 같습니다. 〈해적〉의 탄생과 개작의 역사는 비교적 자세하게 기록돼 있는데요. 1837년 프랑스 출신의 무용수이자 안무가인 프랑수아 알베르(François Albert)가 붓샤(Robert Bochsa)의 음악으로 런던 왕립극장에서 초연한 동명의 작품이 있습니다. 잘 알려지지 않은 작품이지만, 〈해적〉이 영국에서 초연됐다는 것은 이 작품이 영국의 대표적인 낭만파 시인인 바이런의 시극을 원전으로 삼고 있다는 점에서 설득력을 가집니다.

이보다 1856년 조제프 마질리에르가 아돌프 아당과 체사레 푸니(Cesare Pugni)의 음악을 사용해 파리 오페라 발레단에서 공연한 것이 오늘날 〈해적〉의 원작으로 전해집니다. 그리고 2년 후, 마린스키 발레단이 쥘 페로가 재안무한 〈해적〉을 공연하게 되면서 비로소 러시아 〈해적〉의 역사가 시작돼요. 이때 남자 주인공 역에는 마리우스 프티파가 출연했다고 해요. 프티파는 훗날 러시아 발레의 황금기를 연 주인공이죠. 페로를 도와 리허설을 하면서 몇 가지 춤을 수정하기도 했던 그는 1863년, 본격적으로 자신만의 〈해적〉을 초연하기에 이릅니다. 여기서 끝이 아니에요. 초연 이후 프티파는 무려 네 차례에 걸쳐 이 작품을 개작하면서 완성도를 높여갑니다. 1868년, 1880년, 1899년에 개작한 작품들이 차례로 등장했습니다. 이 과정에서 아당의 음악에서부터 푸니, 들리브, 리카르도 드리고(Riccardo Drigo), 듀크 피터(Duke Peter)에 이르기까지 열 명이 넘는 작곡가들의 음악이 군데군데 삽입됩니다. 1900년대에도 여러 번의 개작 과정을 거치면서 알리 캐릭터와 새로운 장면이 추가되었죠.

숨 가쁘게 훑어본 〈해적〉의 역사를 통해 우리는 몇 가지 추측을 할 수 있습니다. 먼저 〈해적〉의 다양한 버전이 공존하는 이유는 이미 여러 번의 개작이 있었을 뿐만 아니라 현재까지도 예술 감독별로 다양한 연출을 보여주기 때문입니다. 개정에 개정을 거듭한 〈해적〉의 역사는 한국에서도 이어졌습니다. 1994년 국립 발레단이 무대에 올린 〈해적〉의 국내 초연은 당시 예술 감독이었던 김혜식이 재안무한 것이었습니다. 그리고 2020년 국립 발레단의 〈해적〉은 또다시 개작됩니다. 이번에는 솔리스트 송정빈이 재안무를 맡았습니다. 이는 새로운 장면과 동작이 신선할 뿐만 아니라, 주요 캐릭터 이름과 해적들의 모험이라는 설정은 유지한 채 스토리를 전면 각색한 것이 특징입니다. 이렇게 〈해적〉은 공연될 때마다 발레단의 스타일이나 안무가의 의도가 어우려져 수정되고 있습니다.

그리고 개작 과정에서 매우 다양한 작곡가의 음악이 혼합된 결과, 음악적으로나 작품의 전체적인 분위기에서는 통일감이 떨어진다는 점이 다소 아쉽습니다. 하지만 러시아 고전 발레의 아버지인 프티파의 손길을 거치면서 〈해적〉에는 고난도의 기교가 대거 삽입되고, 화려한 군무가 추가되면서 결과적으로 스펙터클한 작품이 됐습니다. 여러 춤 중에서도 알리의 솔로가 대표적인 예입니다. 콘라드의 노예인 알리는 줄거리상 비중이 적은 역할임에도 불구하고 1분 남짓한 솔로에서 매우 강렬한 인상을 남깁니다. 테크닉의 향연인 이 춤에서 무용수는 자신의 기량을 마음껏 뽐낼 수 있죠. 이러한 이유에서 〈해적〉은 갈라나 콩쿠르에 최적화된 작품이라 할 수 있습니다.

하지만 노예로서 여인을 사고파는 〈해적〉의 시대적 배경은 잔혹하기 그지없습니다. 이렇게 시대에 맞지 않는 이야기가 오늘날에도 일부 발레단에 의해 버젓이 공연되고 있다는 것이 의아할 정도죠. 그렇다면 당시의 시각으로 한번 생각해봅시다. 터키의 지배를 받는 그리스를 배경으로 발레를 만든다는 것이 19세기 유럽 예술가들에게는 독창적인 작업이지 않았을까요? 클래식 발레에는 다양한 나라가 등장하죠. 스페인의 정열적인 기질을 담아낸 〈돈키호테〉, 인도의 황금 제국에서 펼쳐지는 〈라바야데르〉, 그리고 〈레이몬다〉에서는 십자군 전쟁에 참여한 헝가리 왕까지 등장합니다. 그리스를 그린 〈해적〉도 나란히 놓고 보면, 발레로 세계 역사 여행을 할 수 있다고 말해도 과언은 아닐 겁니다.

같은 맥락에서 터키의 지배를 받고 있던 그리스는 제국주의 시대를 살았던 예술가들의 창작열을 부추기기에 충분했습니다. 비록 구시대 문화의 재현이 오늘날 비판의 대상이 될지라도, 이러한 예술은 우리에게 옳고 그름을 초월한 새로운 해석의 가능성을 열어주기도 합니다. 〈해적〉에 등장하는 해적들을 노예라는 식민지 시대의 잔혹성을 조롱하는 영웅으로 바라볼 수도 있겠죠. 나아가 〈해적〉에서 볼 수 있는 신선한 무대 이미지와 무용수들의 개성 넘치는 춤은 식민지라는 역사적 배경을 넘어서기도 합니다. 공주나 요정이 아닌 용감한 해적들의 이야기는 분명 클래식 발레의 스펙트럼을 넓혀주니까요. 이러한 것들은 〈해적〉이 오늘날까지 환영받은 이유라는 점을 꼭 기억해주세요. 발레를 바라보는 여러분의 시야 또한 한층 넓어질 거예요.

Heo Nan Seol Heon
– Su Wol Kyung Hwa

〈허난설헌-수월경화〉

한국 발레의 현주소

29

*

> 푸른 바닷물이 구슬 바다에 스며들고
> 푸른 난새는 채색 난새에게 기대었구나.
> 부용꽃 스물일곱 송이가 붉게 떨어지니
> 달빛 서리 위에서 차갑기만 해라.

흰 물결로 부서지는 파란 바다를 배경으로 전설 속에 존재하는 오색 빛깔의 새가 노닙니다. 이윽고 정숙한 여인이라는 꽃말의 부용꽃 잎은 얼어붙은 서리 위에서 차갑게 식어갑니다.

    앞서 소개한 시를 조금 풀어봤습니다. 어떤 분위기가 연상되나요? 해안가의 아름다운 경관이 꿈결같이 그려지다가도 '떨어지는 꽃이 차갑다'는 표현은 앞으로 일어날 불행을 암시하는 것 같습니다. 바다와 새의 묘사는 몽환적이면서, 붉은색과 푸르스름한 달빛의 대조는 참 섬세하지 않나요? 이 시는 조선의 여류 시인이었던 허난설헌이 스물세 살의 나이에 지은 한시 〈몽유광상산〉입니다. 그녀는 천재적인 문장가였지만 불행한 삶을 살다 간 비운의 여인이었습니다. 이 시는 스물일곱 살에 요절한 그녀가 세상을 마감하기 전 자신의 죽음을 예견했다는 점에서 '절명시'라고도 불립니다. 시 속의 스물일곱 송이의 부용꽃은 다름 아닌 그녀 자신을 나타내요.

허난설헌은 1563년, 그러니까 명종 18년에 출생한 초당 허씨의 여성이었습니다. 유년시절 그녀는 당대 손꼽히는 시인 밑에서 글공부를 할 정도로 자유로운 가풍에서 자랐어요. 이러한 영향으로 그녀의 오빠인 허성과 허봉, 그리고 남동생인 허균 역시 뛰어난 문인으로 성장했습니다. 유명한 〈홍길동전〉이 바로 허균의 작품이죠. 하지만 허난설헌의 불행은 그녀가 열다섯 살이 되던 해에 시집을 가면서 시작됩니다. 지식인 부인을 부담스러워하던 남편과 이를 못마땅하게 여긴 시어머니와 함께 산다고 생각해보세요. 그런 데다 허난설헌은 아들과 딸을 연이어 잃고, 잇달아 친정까지 몰락해가면서 점점 쇠약해져갔습니다. 결국 스물일곱 살이 되던 1589년에 그녀는 명을 다합니다.

허난설헌은 이렇게 말했습니다. "나의 불행은 세 가지다. 첫째, 조선에서 태어난 것이오. 둘째, 여성으로 태어난 것이오. 셋째, 결혼생활이 불행한 것이다." 그녀는 재능을 가졌어도 조선이라는 나라에서 빛을 볼 수 없었던 안타까운 운명을 타고났던 것입니다. 이렇듯 천재 여류 시인의 비극적인 삶, 그리고 그녀가 남긴 주옥같은 시에서 영감을 받은 발레 작품이 바로 지금 소개할 〈허난설헌 – 수월경화〉입니다.

국립 발레단 솔리스트 출신의 강효형이 안무한 이 작품은 2017년 5월에 초연됐습니다. 초연 당시 조선의 여류 시인과 그녀의 작품을 간직한 추상 발레로 주목을 받았죠. 약 55분의 러닝타임을 갖는 이 작품은 크게 두 부분으로 구성됩니다. 전반부가 난설헌의 행복했던 시절의 온기를 담아낸다면, 후반부는 싸늘하게 식어간 그녀의 어두운 말기를 그려요. 이 과정에서 난설헌의 두 개의 시가 무용화됩니다. 단아한 자태와 은은한 향을 풍기는 난초를 보며 슬픈 눈물을 흘린다는 내용의 〈감우〉, 그리고 앞서 살펴본 〈몽유광상산〉입니다. 작품의 시작은 허난설헌을 상징하는 시인이 자신의 시 속으로 걸어 들어가자 잎과 새, 난초와 부용꽃의 형상이 무용수의 몸짓으로 아름답게 묘사되는 전개를 보여줍니다. '물에 비친 달, 거울에 비친 꽃'이라는 뜻의 부제 '수월경화'처럼 눈에는 보이나 손으로는 잡을 수 없었던 재능 있는 시인의 불행한 삶을 발레로 풀어내고 있죠.

흥미로운 사실은 〈허난설헌 – 수월경화〉와 같이 한국적 정서와 서양 발레와의 만남이 놀랍도록 일찍 시작됐다는 점입니다. 기록에 따르면 한국에 발레가 처음 소개된 시점은 1920년이며, 그로부터 몇 년이 지나지 않아 최초의 한국적 발레로 간주할 수 있는 작품이 창작된 바 있습니다. 그리고 1962년, 한국 최초의 발레단이자 국립 발레단의 전신인 국립 무용단이 발족하면서 한국적 발레 창작은 더욱 구체화됩니다. 시간이 조금 더 흐른 1980년대는 한국적 발레가 전성기를 맞이합니다. 한국의 세계화를 겨냥한 문화예술정책의 영향이 컸죠. 이어지는 외국 발레단과의 교류로 외국 작품 수입에 집중했던 시기를 지나, 2009년에는 '국가 브랜드 사업'이 제정됨에 따라 다시금 국가를 대표하는 발레 작품을 생산하는 데 박차를 가하게 됩니다. 이때 창작된 작품이 〈왕자호동〉이에요. 이 작품은 1988년 초연된 것을 새롭게 수정한 것으로, 당시 국가 브랜드 사업의 모범적인 사례로 평가받으며 세계 무대로 진출했습니다.

이처럼 한국적 발레의 역사는 백 년을 채워갈 만큼 장구합니다. 그렇다면 〈허난설헌 – 수월경화〉가 새롭게 주목받는 이유는 무엇일까요? 이 작품의 예술적 의미를 말하기 위해서는 안무가 강효형에서부터 시작하는 것이 시의적절할 것 같습니다. 2014년, 세계적인 발레리나 강수진이 단장으로 제2의 삶을 시작하면서 국립 발레단에는 여러 변화가 있었습니다. 그중 강조할 만한 것은 2015년부터 시작된 '안무가 육성 프로젝트'입니다. 〈KNB Movement Series〉라는 이름으로 진행된 프로젝트는 무용수들의 안무 능력을 새롭게 함양해 무용수 겸 안무가를 발굴하고자 한 취지로 기획됐습니다. 〈허난설헌 – 수월경화〉의 안무가 강효형은 바로 이 프로젝트에서 안무가의 잠재력을 높이 평가받은 무용수입니다. 이 작품으로 강효형은 발레단이 키워낸 훌륭한 안무가의 초석을 다진 셈이죠.

나아가 그녀의 작품에 이목이 집중되는 이유를 생각해보면, 개인적으로 '젊은 감각'이라는 키워드가 많은 부분을 설명해주지 않을까 싶습니다. 1988년생의 젊은 안무가는 국립 발레단이 양적·질적으로 발전하고, 국가 브랜드 상품으로서의 발레 작품을 구축한 시기를 몸소 겪은 세대입니다. 따라서 〈허난설헌 – 수월경화〉는 젊은 세대 감성의 거침없는 시도와 참신함을 엿볼 수 있습니다. 우선 줄거리를 따라 선형적으로 전개되던 기존의 스토리 발레의 형태를 탈피합니다. 과거와 달리 고전 설화나 민담을 일일이 설명하지 않는 추상의 형태는 두 가지로 해석할 수 있습니다. 한국적인 것에 대한 강박에서 벗어났거나, 아니면 오히려 한국적이라는 것의 심연을 연구한 것이죠. 어찌 됐건 줄거리가 아닌 시의 정취와 시인의 삶을 오로지 몸짓만으로 표현하고

자 한 안무가의 의도는 발레의 움직임 자체의 탐구로 귀결됩니다. 황병기, 한진, 김준영, 심영섭의 한국적 선율을 해석하면서 한 땀 한 땀 정성스레 창작한 움직임은 발레 본연의 아름다움을 거스르지 않으면서도, 새로운 움직임의 모양과 호흡, 그리고 방법의 발견이었습니다. 결과적으로 잎, 새, 난초, 부용꽃 등의 시상을 표현하고 있는 창의적인 움직임에는 안무가의 고뇌와 집념이 담겨 있죠.

〈허난설헌 – 수월경화〉가 우리의 자긍심을 고취시키는 것은 젊은 안무가의 꿈을 적극적으로 지지하는 발레단 측의 뒷받침이 있기 때문일 겁니다. 안무와 음악 선곡이 안무가의 역량이라면, 이에 맞는 의상과 무대 미술, 그리고 연출과 관련한 아이디어 등은 여러 아티스트들의 협업으로 완성된 것이죠. 물론 최고의 무용수들도 빼놓을 수 없습니다.

세계 발레의 동향과 미학적 트렌디함을 고루 갖춘 〈허난설헌 – 수월경화〉. 이 작품을 통해 한국의 무용수들이 세계 무대에서 맹활약하고 있는 요즘, 한국에서 만들어진 발레 작품이 세계 무대에 수출되는 그날을 꿈꿔봅니다. 그 첫걸음으로 〈허난설헌 – 수월경화〉에서 한국 발레의 현주소를 살펴보세요.

The Nutcracker

〈호두까기인형〉

마음은 언제나 영원한 피터 팬이고 싶을 때

30

*

매년 연말이 다가오면 전 세계의 무대는 발레 〈호두까기인형〉으로 들썩입니다. 한 해도 거르지 않고 찾아오는 작품이지만 볼 때마다 반갑죠. 어린이들에게는 꿈을, 어른들에게는 동심을 선사하는 발레입니다. 〈호두까기인형〉으로 설레면서 한 해를 마무리할 예비 관객들을 위해, 알고 보면 더 재미있는 작품 이야기를 시작하겠습니다.

1892년 12월 18일, 러시아 발레광(Balletomane)[1]들의 기대 속에 〈호두까기인형〉이 초연됐습니다. 러시아 마린스키 극장에서 초연된 이 작품은 마리우스 프티파의 대본과 그의 제자 레프 이바노프의 안무, 그리고 차이콥스키의 음악으로 탄생했어요. 발레가 사회 전반에 걸쳐 중추적인 역할을 했던 19세기 말 제정 러시아를 바탕으로 클래식 발레의 대가인 프티파와 그가 키워낸 안무가, 그리고 클래식 음악계에서 가장 유명한 발레 음악을 남긴 차이콥스키까지 합세한 이 작품은 그야말로 황실 극장에서 베테랑 예술가들이 만들어낸 야심작입니다.

---

[1] 19세기 러시아에서 발레에 열광한 사람을 의미하는 발레광(Balletomane)은 발레(Ballet)라는 단어와 마니아(mania)에서 따온 접미사 -man을 결합한 러시아어 명사입니다. 이들은 러시아 황실의 지원을 받고 있던 발레를 절대적으로 지지했습니다. 또한 발레의 전통은 물론 제작에 있어서도 전문가만큼이나 깊이 있는 이해력을 지니고 있었죠. 이러한 발레광들은 귀족에서부터 학생에 이르기까지 다양한 계급의 대중들로 이루어졌습니다. 특히 프티파 시대에는 러시아 전역에 걸쳐 수많은 발레광들이 있었다고 합니다.

발레 〈코펠리아〉처럼 〈호두까기인형〉도 에른스트 호프만의 소설에서 출발했습니다. 호프만은 젊은 시절 법조계에 몸을 담았다가 훗날 소설은 물론 작곡과 음악 평론까지 했다고 합니다. 발레의 원작이 되는 《호두까기인형과 생쥐왕The Nutcracker and the Mouse King》은 이렇게 다방면으로 예술적 재능이 뛰어났던 호프만이 1816년에 완성한 작품입니다.

문학 작품에서 주인공은 독일의 의사인 슈탈바움(Stahlbaum)의 셋째 딸 마리(Marie)입니다. 일곱 살 마리는 크리스마스 선물로 호두까기인형을 받게 됩니다. 못생긴 인형이었지만 소녀는 왠지 모를 애틋한 정을 느꼈어요. 그날 밤, 혼자 인형을 갖고 놀던 마리에게 마법 같은 일이 벌어집니다. 장식장 속 인형들과 오빠의 병정 인형들이 살아 움직이고, 심지어 인형들이 쥐의 대군들과 전투를 치르는 것이었어요. 잠에서 깬 마리는 간밤에 있었던 일을 가족들에게 말했지만 모두 믿어주지 않았습니다. 그때 대부인 드로셀마이어(Drosselmeyer)는 의미심장한 미소를 지으며 마리에게 이야기를 시작합니다.

대부가 들려준 것은 저주에 걸린 공주와 자신의 조카 이야기였어요. 아름다웠던 공주는 어느 날 생쥐왕의 저주로 아주 못생긴 모습으로 변했다고 합니다. 그런데 조카가 그 저주를 풀어 그녀를 다시 아름답게 만들어줬죠. 그러나 마지막에 일이 잘못돼 조카는 흉측한 모습으로 변하고 말았어요. 마음씨 착하고 똑똑하며 잘생기기까지 했었는데 말이죠. 그러자 조카와 결혼하기로 약속했던 공주는 무심하게도 그를 떠나버립니다. 이 이야기를 듣고 있던 마리는 못생긴 호두까기인형이 공주에게 배신당한 바로 그 조카임을 확신합니다. 그리고 호두까기인형에게 자신은 공주처럼 배반하지 않을 거라고 말해요. 그 순간 호두까기인형이 멋진 청년의 모습으로 변하고, 마리의 진심 어린 사랑으로 저주에서 풀려났다며 그녀에게 청혼합니다. 이후 마리와 조카가 과자나라에서 행복하게 산다는 결말로 이 소설은 끝나요.

낭만주의 문학의 대표주자답게 호프만의 소설은 환상과 현실 세계를 오가며 복잡한 구조를 띕니다. 또한, 작품 전반에 걸쳐 풍기는 기괴한 분위기는 자극적이기 이를 데 없죠. 그 때문에 마리가 과자나라에서 산다는 결말은 그녀의 죽음으로 해석되기도 합니다. 하지만 이 소설을 프랑스의 알렉상드르 뒤마(Alexandre Dumas)가 1844년에《호두까기인형 이야기*The Nutcracker*》로 번안하면서 마리의 이름을 클라라(Clara)로 바꿉니다. 그리고 뒤마의 각색을 토대로 발레 〈호두까기인형〉의 대본이 만들어졌습니다.

그런데 발레 대본을 구상하던 프티파는 뒤마의 각색본을 보며 고민에 빠지게 됩니다. 클라라의 나이가 문제였던 거예요. 프티파의 발레에서 그랑 빠드두는 작품의 필수요소지만, 그의 눈에 어린 소녀가 왕자와 그랑 빠드두를 춘다는 것이 불가능해 보였던 겁니다. 프티파는 자신의 상징과도 같은 그랑 빠드두를 뺄 수도 없었지만, 클라라를 성인으로 바꾸는 것 또한 원치 않았습니다. 그래서 고민 끝에 클라라가 꿈속에서 사탕요정(Sugar Plum Fairy)으로 변신한다는 설정을 추가했어요.

하지만 문제는 여기서 끝이 아니었습니다. 당시 일흔네 살의 노장이었던 프티파는 병으로 인해 안무할 여력이 없었거든요.

이에 그의 충실한 조수이자 〈백조의 호수〉의 안무를 도왔던 이바노프에게 일임하게 됩니다. 하지만 스승의 영향력이 너무나 막강했던지라 초연 당시 이바노프에 대한 평은 그리 좋지 않았다고 해요.

작곡가 차이콥스키의 사정은 어땠을까요? 불행하게도 〈호두까기인형〉의 발레 음악을 작곡하던 시점에 차이콥스키에게도 여러 고비가 한꺼번에 몰려오게 됩니다. 먼저 그는 자신이 작곡한 〈백조의 호수〉가 초연에서 대대적으로 혹평을 받은 것에 대한 트라우마가 있었어요. 이후 작곡한 〈잠자는 숲속의 미녀〉는 성공했지만, 또다시 상처받을 수 있다는 불안함이 그를 괴롭혔습니다. 어린아이들을 대상으로 한 음악이 처음이라 불확실하기도 했고요. 게다가 프티파는 함께 작업하기에 정말 까다로운 안무가였습니다. 음악에 대한 지시사항이 너무 많아 작곡가로서 프티파와 함께 일한다는 것은 답답함 그 자체였던 겁니다.

그러나 이보다 더 심각한 건 따로 있었습니다. 그를 꾸준히 후원해주던 나데즈다 폰 메크(Nadezhda von Meck) 부인과의 관계가 끝났기 때문입니다. 후원도 후원이었지만 1876년부터 시작된 폰 메크 부인과의 인연은 무려 1,200여 통의 편지를 주고받을 정도로 깊은 감정적 교류를 한 관계였다고 해요. 그러니 차이콥스키가 느꼈을 상실감은 정말 컸을 겁니다. 하나 더, 이 시기 차이콥스키는 동성애 논란에 휩싸여 있었습니다. 당시만 해도 러시아는 동성애자를 시베리아로 유배 보낼 정도로 매우 엄격한 분위기였습니다. 동성애를 엄청난 불명예로 여겼던 사회 분위기 속에서 차이콥스키는 아주 힘들었을 것 같습니다.

자, 동심과는 거리가 먼 〈호두까기인형〉의 탄생 비화는 이쯤으로 해두고, 발레를 살펴볼게요. 이렇게 우여곡절 끝에 탄생한 〈호두까기인형〉이지만, 작품은 시종일관 밝고 희망찬 동심의 세계를 그려내고 있습니다. 2막으로 구성된 발레는 크게 크리스마스이브 파티가 열리는 클라라의 집, 클라라의 꿈, 그리고 크리스마스 아침으로 전개됩니다.

크리스마스이브, 클라라의 집에서 열리는 파티에 참석하기 위해 걸음을 서두르는 손님들의 모습으로 프롤로그가 시작됩니다. 1막은 거실 중앙에 있는 대형 크리스마스트리와 함께 연말 분위기가 물씬 풍깁니다. 아이들은 드로셀마이어가 보여주는 여러 인형의 춤에 마냥 신기해합니다. 뒤이어 클라라가 선물받은 호두까기인형과 행복한 시간을 보내고 있을 때 심술 맞은 오빠 프릿츠(Fritz) 일당이 이를 방해합니다. 결국 장난꾸러기 프릿츠는 호두까기인형을 망가뜨려요. 이 소동은 드로셀마이어의 중재로 겨우 정리되고, 속상한 클라라는 인형을 품에 안고 잠이 듭니다. 꿈속에서 인형만큼 작아진 클라라. 집 안의 인형들이 모두 움직이고, 호두병정으로 변신한 호두까기인형은 악당 생쥐왕과 용감하게 싸웁니다. 클라라의 도움으로 생쥐왕을 물리치자, 멋진 왕자로 변신한 호두병정은 고마운 클라라를 자신이 사는 환상의 왕국으로 초대합니다. 눈송이들이 환영의 인사를 하는 '눈송이 왈츠' 장면은 무용수들이 완벽한 대칭과 균형을 이뤄 마치 눈 결정체가 춤을 추는듯 신비롭습니다.

이어지는 2막은 환상의 왕국에서 계속됩니다. 스페인 인형, 인도 인형, 러시아 인형, 중국 인형, 프랑스 인형이 차례대로 춤을 추면서 작품의 활력을 불어넣습니다. 각 나라의 인형별로 특색 있는 안무가 포인트예요. 행복한 시간을 보내는 클라라는 마침내 왕자와 결혼식을 올립니다. 결혼식을 축하하는 장면 중 '꽃의 왈츠'는 무용수들의 앙상블이 돋보이는 부분입니다. 두 눈 가득 담고 싶은 아름다운 광경이 펼쳐지죠. 그리고 사탕요정으로 변신한 클라라와 왕자의 그랑 빠드두가 이어집니다. 다양한 테크닉 사이로 고난도 리프트 동작이 등장하고요. 왕자는 당당한 자태로, 또 사탕요정은 아기자기한 동작으로 왕국에서 축제를 벌입니다. 이윽고 날이 밝자, 잠에서 깬 클라라는 지난밤의 동화 같은 꿈을 소중히 간직하며 행복한 크리스마스 아침을 맞이합니다.

발레 〈호두까기인형〉은 매년 우리 곁으로 찾아오는 국립 발레단과 유니버설 발레단의 공연으로 친숙합니다. 두 발레단이 같은 작품으로 경쟁해온 지도 삼십 년이 넘었다고 해요. 하지만 현재 유니버설 발레단이 바이노넨이 1934년에 개작한 작품을 고수한 데 비해, 국립 발레단은 1983년에 개작한 유리 그리고로비치의 작품을 공연합니다. 두 발레단의 작품은 각각 마린스키 발레단과 볼쇼이 발레단 버전이라고 할 수 있죠. 그런 이유로 유니버설 발레단에서 주인공 소녀의 이름은 클라라이지만, 그리고로비치의 레퍼토리를 따르는 국립 발레단에서는 마리라는 이름을 사용해요. 연출에 있어서도 차이가 있으니, 비교하는 재미도 놓치지 마세요.

이렇게 〈호두까기인형〉은 국내에서도 크리스마스 고정 레퍼토리로 단단하게 자리 잡은 발레입니다. 하지만 견고할수록 발상의 전환이 빛을 발하는 법이겠죠? 〈호두까기인형〉의 다양한 패러디 작품도 소개해드릴게요.

영국의 마크 모리스(Mark Morris)가 패러디한 작품 〈더 하드 넛 *The Hard Nut*〉은 1991년에 만들어졌습니다. 만화가 찰스 번(Charles Burns)의 아이디어를 차용했고, 1960~1970년대를 배경으로 합니다. 시대에 맞게 바비 인형, 로봇, 록스타 형상의 호두까기인형이 등장합니다. 그런데 클라라가 아닌 호두까기인형과 드로셀마이어에 초점이 맞춰져 있다는 것이 이 작품의 특징입니다. 여기서 두 남자가 추는 빠드두는 이제껏 남녀의 영역이던 빠드두를 남남커플로 대체한 최초의 젠더-크로스 시도로, 당시 굉장한 센세이션을 일으켰죠. 다음으로 〈백조의 호수〉를 패러디한 것으로 유명한 매튜 본이 1992년에 안무한 〈호두까기인형*Nutcracker*〉이 있어요. 이 작품은 독일 중산층 가정이 아닌 보육원이 배경입니다. 흑백 톤의 춥고 우울한 보육원에서 알록달록한 과자나라로 전환돼 환상적인 이미지가 더욱 강조됩니다. 몬테카를로 발레단의 장 크리스토프 마이요도 〈호두까기인형〉을 패러디했습니다. 2013년에 초연한 마이요의 〈호두까기인형 서커스 *Casse Noisette Circus*〉는 뒤마의 각색본이 아닌 호프만의 문학 작품을 충실히 따르고 있습니다. 그에 따라 소설에 묘사된 기괴한 모습의 호두까기인형이 등장하죠. 또 서커스와 결합한 발레라 굉장히 독창적인 볼거리를 선사합니다.

초연 당시에는 큰 주목을 받지 못했지만 다행스럽게도 수십 년이 지난 1954년, 뉴욕 시티 발레단이 공연한 발란신의 〈호두까기인형〉을 계기로 이 작품은 전 세계 발레단의 연말 고정 레퍼토리가 됩니다. 당시 〈호두까기인형〉이 선사하는 따뜻한 동심의 세계가 전쟁 이후 희망을 찾고자 한 사회적 분위기에 딱 들어맞았던 것이죠. 이렇게 〈호두까기인형〉은 가족과 함께 즐길 수 있는 발레이자, 누구나 설레는 크리스마스를 만끽할 수 있는 발레로 정착했습니다. 특히 마음은 언제나 피터 팬이고 싶다면, 올겨울 〈호두까기인형〉을 놓치지 마세요.

이 책의 마무리는 제 이야기로 맺어보려 합니다. 부모님은 제가 기억이 나지 않을 정도로 어릴 적에, 발레 공연이 끝난 빈 무대를 이리저리 뛰어다니는 저의 모습을 보고 발레를 시키셨다고 합니다. 예쁜 사람이 되고 싶었던 어린아이였죠. 그래서 저는 커서 아름다운 발레리나가 될 줄 알았습니다.

중학교 시절에는 혼자 러시아와 한국을 오가며 지냈습니다. 보다 체계적인 교육을 받기 위해 선택한 길이었지만 지금 생각해보면 참 아찔합니다. 약 20년 전 러시아는 지금과 매우 다른 분위기였거든요. 제가 간 곳은 상트페테르부르크에 위치한 '바가노바 발레 학교(Vaganova Ballet School of Russia)'였습니다. 이곳의 전신은 본문에서도 여러 번 언급된 '제국 발레 학교'예요. 유년기의 경험은 강렬했습니다. 발레 역사상 수많은 스타들을 배출한 곳의 엄격한 교육 시스템, 비현실적일 정도의 이상적인 신체 조건을 가진 러시아 친구들, 프로 무용수들의 몸에 새겨진 혹독한 수련의 역사, 발레에 대한 러시아인들의 높은 자부심 등…. 이러한 것들은 발레의 세계가 참으로 넓다는 점을 일깨워주었습니다. 달리 말해 발레는 완벽한 테크닉만이 전부가 아니었던 것이죠.

그 덕분에 대학에서 접한 전공 수업, 그중에서도 무용예술의 본질을 묻는 이론 강의에 이끌린 건 어쩌면 당연한 결과였는지 모르겠습니다. 이렇게 무용이론으로 진학한 대학원은 또 다른 세상이었습니다. 일단 머무는 곳이 연습실에서 도서관으로 바뀌었습니다. 관심사는 동작에서 작품으로, 또 작품에서 사람으로 이어졌죠. 동적인 움직임을 정적으로 사유하는 일, 또 비언어적인 예술 행위를 객관적인 언어로 해석하는 일에 몰두하면서 저만의 꿈을 키워나갔습니다. 많은 사람들이 발레를 보다 이해하기 쉽고, 나아가 그 매력에 끌릴 수 있게 하는 것. 쉽게 말해 일종의 무용 예술의 번역이나 통역을 하고 싶었습니다.

그렇게 완성된 이 책 《발레 작품의 세계》는 일상과는 다른 발레의 세계로 여러분을 안내합니다. 그렇다면 독자는 새로운 세계를 방문한 여행객, 글쓴이는 로컬 가이드, 이 책은 가이드북이라 할 수 있지 않을까요? 이 가이드북을 통해 독자들이 아는 만큼 보이는 즐거움을 얻게 된다면 저는 더할 나위 없이 좋을 것 같습니다.

나아가 책에서 소개하는 작품 이야기, 역사와 문화와 예술가들에 대한 이야기를 가이드 삼아 발레 세계로의 자유여행을 떠나길 바랍니다. 발레의 세계를 자유롭게 여행한다는 것은 직접 동작을 배우는 것일 수도, 혹은 극장과 랜선을 통해 춤을 감상하는 것일 수도 있습니다. 어떤 방식이든 아래 몇 가지 안내사항은 자유여행을 백 배 즐기는 데 적지 않은 도움이 될 겁니다.

먼저 발레의 세계는 넓습니다. 책에서는 길게는 250년 전에 초연된 작품에서부터 짧게는 불과 몇 년 전에 발표된 작품을 아울러 소개했지만, 이들은 빙산의 일각에 불과합니다. 소위 대도시의 랜드 마크 같은 작품이죠. 미처 책에서 소개하지 못한 발레 작품들이 정말 많습니다. 좁은 골목골목을 돌아다니며 숨어 있는 이색적인 발레 작품들도 직접 찾아보세요. 어떤 작품을 만나든 그것의 시대적 배경이나 예술가에 대한 정보가 있다면, 이 책에서 도움이 될 만한 단서를 찾을 수 있을 겁니다.

발레의 세계는 끊임없이 변화합니다. 수백 년 전에 탄생한 작품들은 그 시대의 예술가들과 관객을 만나면서 세월을 지나왔습니다. 몇몇의 작품에서 두드러졌듯이, 작품은 시대에 맞게 조금씩 수정되고 다르게 해석되기도 했죠. 그러니 지금 공연되는 작품들, 그리고 앞으로 탄생할 작품은 동시대의 예술가들과 관객을 만나면서 새로운 역사를 써 내려갈 것입니다. 발레는 나 그리고 우리와 함께 숨 쉬고 살아가고 있다는 점을 기억해주세요.

마지막으로 발레 작품을 감상하는 방식은 제각기 다르기에 같은 작품을 보더라도 사람마다 다른 느낌을 갖습니다. 누군가에게는 낯설고 불편할 수도, 또 누군가에게는 황홀하고 행복할 수도 있는 것이죠. 여기서 중요한 것은 다양한 감상을 통해 발레 무대가 펼쳐내는 시공간적 환상을 나만의 시선으로 재구성하는 것입니다. 보고 끝나는 것이 아닌, 관객 스스로 자신의 이야기를 만들어보는 거예요. 여행지에서 나만의 명소를 발견하는 기쁨이 있듯이, 발레 작품에서 나만의 감상 포인트를 찾아보는 것도 굉장히 흥미로울 겁니다. 이 책을 통해 발레의 세계를 여행하는 순간, 그곳의 주인공은 바로 여러분이니까요.

더발레클래스 2
발레 작품의 세계

초판 1쇄 발행 2021년 1월 21일
초판 3쇄 발행 2023년 3월 23일

지은이	펴낸이	이메일
한지영	윤지영	flworx@gmail.com
삽화	편집	홈페이지
이린	윤지영	floorworx.net
디자인	교정	인스타그램
로컬앤드	김승규	@floorworx_publishing
	펴낸곳	페이스북
	플로어웍스	@Flworx
	출판등록	
	2019년 1월 14일	

©한지영, 2021

ISBN
979-11-969997-2-8 03680